文春文庫

# 希望のカケラ

## 社労士のヒナコ

水生大海



文藝春秋

# 目次

# 希望のカケラ　社労士のヒナコ

# そこは安息の地か

# 1

　今年の夏は、いつも以上に暑い。それもこれも、口元にずっと張りついているこのマスクのせいだ。息苦しい。

「やあやあやあ、やっと入ったよ、雇用調整助成金。朝倉《あさくら》先生のお陰だ」

　電話の向こうから勢いよく話しかけてくるのは、屋敷《やしき》コーポレーションの屋敷専務だ。あまりの声の大きさに、つい受話器を耳から離す。このあいだまで意気消沈して小声だったくせに、あいかわらずわかりやすい人だ。

　二〇二〇年。早春から蔓延《まんえん》しはじめたCOVID-19——いわゆる新型コロナウイルス感染症によって、あらゆる予定がひっくり返った。

　本当なら今ごろ、わたし、朝倉雛子《ひなこ》が勤めるやまだ社労士事務所でも、来春より中小企業でも対象となる同一労働同一賃金についてクライアントが戸惑わないよう説明に力を注ぐ強化期間だったはずだ。突発的な相談や月々のルーティーン業務をこなしながら、短い夏休みも楽しめていただろう。

ところが現在、各クライアントから預かった大量の書類が事務所のデスクに積みあがっている。各役所に給付金や助成金の申請をするために、申請内容に応じた書類をおのおのつけなくてはならないのだ。

「正直どうしようかと思ったよ。売り上げの悪化なんて、誰だってわかるだろ。なのに事業活動の状況の書類がどうの休業協定書がどうの、店はたくさんあるし、社員もパートも多いし、なにが必要でなにが要らないのかぐっちゃぐちゃ。今日生きるための金を集めるのに必死なのに、これ以上考えさせるなって話だよ。役所ってとこはわかってないなあ」

「たしかに申請書類が多くて大変ですよね。でもそのためにわたしたち社会保険労務士がおりますので」

「ホント、普段からの関係が大事だね。超特急でやってもらって助かった」

嬉しがる屋敷専務に、わたしは苦笑する。関係もなにも、普段から屋敷専務は強引なのだ。数々の無理強いに、今までもさんざん苦労させられた。

そうはいってても屋敷コーポレーションは、コロナ禍においてもっとも大きな影響を受ている飲食業だ。大皿料理で有名な居酒屋とカフェを、どちらもチェーンで持っている。当然、売り上げは立たず、従業員を減らす方向になりつつあった。そうなるまえになんとかと、いち早くこちらからも働きかけたのだ。それでもあるべき書類がなかったりで、整えるまでにバタバタした。

「それでさあ、朝倉先生。別件でお願いがあるんだけど」

屋敷専務の声色が変わる。にちゃっとした懇願の声だ。

「別件、ですか？」

「あっはっは。そんな警戒しないで。知り合いの店を助けてやってほしいんだよ。妻が世話になってる美容院なんだ」

「美容院？」

「そう。このコロナ禍で足が遠のいてたんだが、久しぶりに行ったらオーナーと愚痴《ぐち》三昧だったそうだ。そこも客足が減って困ってるらしい。朝倉先生に連絡させるから、話を聞いてやってよ」

そういうことでしたら喜んで、と答えて電話を終える。

デスクとデスクの間に新たに設置された透明パーティションの向こう、丹羽《にわ》さんが笑っていた。

「ハイテンションだったね、屋敷専務。笑い声が聞こえてた。助成金、もらえたの？」

「はい。持続化給付金のほうも先日入ったそうで、多少は息をつけた感じです」

「そりゃよかった。その持続化給付金、申請の件数が多くてずるずる遅れてるって聞くし。ラッキーだったね」

丹羽さんが電卓を叩きながら言う。いつもながらマルチタスクな人だ。

「ええ。不備で差し戻しになる人もいるそうで、素子《もとこ》さんも大活躍ですよ」

山田《やまだ》所長の妻、素子さんは税理士の資格を持っている。急遽《きゅうきょ》、クライアント先からつながる個人事業主の人にも、持続化給付金の申請に必要な書類、売上台帳の作成アドバイスをしていた。青色で確定申告をする場合に、月ごとにまとめた売上台帳までは作成義務がないので、作っていない人もいるという。助成制度があれこれ突貫工事で決まって設計に疑問符はつくが、こちらは合わせるしかない。山田所長もぎゅうぎゅうにスケジュールを詰めてクライアントを巡り、相談に乗っている。そろそろ終業時間だけど、ふたりとも戻ってこない。

「そういえばうちも例のひとり一律の十万円、特別定額給付金だっけ、まだ来てないよ。役所も忙しいんだろうけど、それを当てにした夫が机と椅子を買っちゃったから、早く欲しいんだよね」

丹羽さんの夫の勤務先はリモートワークができているらしい。ノートパソコンは支給されたそうだけど、仕事をする場所が必要だ。最初は食卓でやっていたものの高さが合わなくて腰を痛めたらしく、リビングの隅に専用の机と椅子を置いたそうだ。狭くなって困るんだよねと丹羽さんが唇を尖らせていた。とはいえ丹羽さんにはメリットもあったそうで。

「あー、おなかすいた。今日の夕食はなんだろう」

「今日も作ってもらってるんですか。いいですね」

「いいったって、十五年分以上だからね。これから返してもらわないと」

うちの事務所ではセンシティブな情報を扱っているので、家に持ち帰るのは難しく、リモートワークはほとんどない。丹羽さんが外で、夫さんが家で仕事をしているということで、今まで丹羽さんに多く比重のかかっていた家事分担が変化した。料理も、家にいる夫さんが徐々に作れるものを増やし、分担をシフトしつつあるという。

「掃除や洗濯はどうしてるんですか？」

「春の休校中は子供たちの仕事。そのあとは状況に応じてだったけど、短いながらも夏休みに入ったからまた任せてる。我が家としては、この騒動が去年じゃなくてまだよかったよ。入学しても休校が続いたから子供はかわいそうだったけど、受験シーズンを乗りきれてほっとしてる」

丹羽さんの家ではこの春、上の息子さんが高校受験に、下のお嬢さんが中学受験に臨んでいた。特に高校の入試は感染者が増えていく時期で緊張を強いられたけど、どちらも希望が叶ったという。所長と素子さんの上のお嬢さんも大学受験だった。大学はまだリモート講義らしく、素子さんはパソコンを買わされたと苦笑していた。アルバイト代で賄《まかな》ってもらう予定だったのに、仕事がみつからないらしい。そういう学生は多いようだ。

丹羽さんのところも所長のところもコロナ禍で多々の変化があったけど、わたしはあまり変わっていない。事務所に入って、まるっと三年が経った。二十六歳で入所したのでまもなく三十歳を迎える。さすがにもうヒヨコちゃんとは呼ばれない。

「誰かおひとり、うちに派遣してほしいですよ。料理も掃除も洗濯も全然できてません」

パソコンのファイルを閉じて書類をまとめてと帰り支度をはじめた丹羽さんに、わたしは愚痴る。

「家事サービスという手があるよ。マジレスすると」

「……マジレスすると、サービスの人を呼ぶために掃除が必要な気がします」

あははは、と丹羽さんが豪快に笑った。マスクで隠されているので、口元は見えない。

「土日にがんばるんだね」

「今日はまだ火曜日ですよー」

肩を震わせたまま、丹羽さんが立ちあがる。わたしはまだ帰れない。この書類の山を少しでも崩さないと。

電話が鳴った。

時間外になったので自動的に、翌日の営業時間を案内するアナウンスへと切り替わる。ディスプレイに浮かぶ番号は携帯電話の並びだ。事務所の代表電話だけど、所長をはじめ関係者や家族などかかってくる可能性のある相手の番号は登録しているので、その名前が出る。クライアントか新規のお客さまだろう。事故などの切羽詰まった案件を抱えていれば取るが、今はなく、そんな場合はこちらのスマホの番号も伝えている。

もしかしたら屋敷専務が言っていた人かも、とは思ったけれど、確信は持てない。いずれにせよ、明日の宿題だ。

## 2

始業と同時に電話が鳴った。昨日と同じ番号だ。

丹羽さんが電話をとってもわたしにまわるだろうと、目で合図を送って最初から受ける。

「コロナの雇用調整なんとか、っていうのがあるんですよね？」

落ち着いた女性の声が、まずそう問うた。

「雇用調整助成金のことですね」

「ええ、それ。あのね、朝倉さんって女性、いらっしゃる？　知人に聞いたんだけど」

ああ、やはりそうだったのか。

「朝倉はわたしです。屋敷コーポレーションの屋敷専務からお話はうかがっています。美容院を経営していらっしゃるとか」

「あなたが朝倉さんなのね。角亜弥奈《すみあやな》です。そうなの、朝倉さんはとても親切だから相談に乗ってもらってはどうかって、屋敷専務が教えてくださって。その雇用調整助成金、私も一応調べて書類も揃《そろ》えようとはしたんだけど、役所の文章は難しくて読んでもよくわからなくって」

あの屋敷専務がそんなことを、と面はゆく思いながら、わたしは制度のアウトラインを説明していく。新型コロナウイルス感染症の影響で事業が縮小し、従業員を休業させ、休業手当を支払った場合にそのうちの一定額を助成する、それが屋敷コーポレーションも利用した今回の「雇用調整助成金（新型コロナウイルス感染症の影響に伴う特例）」だ。通常時の雇用調整助成金制度よりも条件が緩くなっている。それでも、労使間の協定に基づいて休業が実施されたかどうか、助成を受ける従業員が雇用保険の被保険者であるかどうかなど条件があるし、必要な書類を不備なく整えるのも手間だ。学生アルバイトなど雇用保険に入っていない労働者に対しては別の助成制度を紹介することもできるので、代行いたしましょうという流れに持っていった。もしかしたら新たなクライアント契約が結べるかもしれない。

これ以上仕事を増やしてどうする、という向きもあるけれど、正直、今後の見通しは透明じゃない。このまま経済活動が鈍っていくと、事業を停止する会社も出るだろう。

それにわたしには、計画があった。

あれは七ヵ月前。一年の計は元旦にあり、というのを柄にもなくやってみたのだ。ひととおりの仕事はできるようになり、所長もよほどの案件でなければ口を出してこない。さて次の目標はどうしよう、と考え、独立という言葉が浮かんだ。自分の力で仕事を取ってきて、顧客を増やして、それからという数年がかりのゆっくりとした計画だ。まだ誰にも話していない。

けれどこのコロナ禍で、将来の顧客はおろか、今の顧客さえどうなるかわからなくなった。計画は足踏み状態。とはいえ、独立に向けて布石は打っておかなければ。

翌日、わたしは角社長が経営するヘアサロン、リバティアヤナの事務所に出向いた。リバティアヤナは都内に五店舗あり、本店かどこかが事務所も兼ねているのかと思っていたが、住宅街の古いマンションの一室だった。駅からの距離も少しある。壁面には段ボールが積みあがっていた。

「この度は御足労いただきまして。私が角亜弥奈です」

丹羽さんや素子さんと同世代か、少し上ぐらいの女性だった。しかし身に着けているものは格段に若くて派手だ。薄紫のブラウスに、色とりどりの大きい花柄のロングスカート、垂れ下がるタイプのピアスに何重ものネックレス、指輪、バングル。並べ挙げると全部のものが主張して喧嘩《けんか》になりそうなのに、なぜか角社長が身に着けるとすんなり納まっている。色のバランスなのか、彩度だとか明度だとかいうものの具合なのか。

「やまだ社労士事務所の朝倉雛子です。よろしくお願いします」

角社長は、わたしの頭のてっぺんから足のつま先へとすばやく目を走らせた。マスクの上の目が一瞬細くなる。笑っているようだ。

なんだろう。わたしは仕事柄さほどくだけた服は着ず、ビジネスパーソンとしてごく一般的なスーツ姿だ。女の子扱いをされることもだいぶ少なくなってきた。わたしのほうに、なめられるものかという構えがなくなったせいもあるかもしれない。

「お電話でわかりやすく教えてくださったから、どんな方かと思っていたの。髪を扱うのは得意だけど、ペーパーのほうの紙は苦手なのよね。どうぞよろしく」

角社長は軽くウインクをした。ちょっとほっとして、納得する。

「はい。ご協力いたします。申請に必要な書類はお電話でも説明しましたが、出勤簿や賃金台帳など、そのための資料はご用意いただけましたでしょうか」

ええ、と角社長が広いテーブルにいざなった。ファイルがいくつも載っている。出勤簿はシフト表を兼ねていて、見やすく構成されていた。賃金台帳は給与明細の写しだが、提出はこれでもかまわないとされている。カレンダーを見ながらざっと、休業手当を出した日と人数を確認していく。

「行政もバタバタだったとはいえ、さんざん振り回されたのよ。私たち美容師、理容師の業界は」

マスクの下から、角社長が大きなため息を漏らす。

「ニュースサイトで見ましたが、緊急事態宣言下での都の休業要請に入らなかったんですよね」

見たのは昨日だけど。ヘアサロンからの依頼ということで、業界の状況を把握したかったのだ。

「そうなの。だけど最初は百貨店と同様に、うちも対象の業種に入るって案が出てたのよ。そのころはもう全体的にお客さんは減っていて、開店休業状態だったり、諦めて休んでいるサロンもあったぐらい。なのに土壇場で、生活に必要だからという理由で対象業種に入らなかった。無理に休まされるのも辛いけど、要請されて休むなら多少でも協力金が入るでしょ。それさえも入らない。めちゃくちゃよ」

「でもたしかその後……」

「ええ。ゴールデンウィーク前に突然、四月三十日から五月六日まで自主休業をしたら給付金を支給するって言いだして。なにを考えてるのか、さっぱりわからないわ。でも予約が入ってたらなによりもお客さまが優先でしょ。突然言われてもね。結局、リバティアヤナでは前日までに予約が入った日はやる、入っていない日は休み、スタッフの数も調整しておく、ってことにしたわけ」

「すると、休業した日は、五つあるお店それぞれがバラバラなんですね。そして交代で勤務して従業員の数も減らし、それもお店や個々人で違う。すべて労使間の協定があり、休業手当も支払っているということでいいですね」

「ええ。かなりバラバラになっちゃったのよね。それもあって私じゃ手に負えなくって。どう？　ややこしいかしら」

不安そうな目で、角社長が訊いてくる。

「だいじょうぶですよ。資料も揃っていますし。こちらでまとめますね」

「ありがとう。明日にでももらえるかしら」

「明日というのはさすがに。他の会社さんも持っていて順に作っておりまして。でもできるだけ早くまとめてご確認いただきます」

「よろしくね。早くお金をいただかないと火の車になりそう。ううん、すでに煙がでてる」

「提出しても労働局のほうで審査があり、すぐもらえるわけではないのでご注意くださ い」

「そうだった。でも見込みが立ってほっとしたわ。……あらやだ、私ったらお茶もお出しせずに。ちょっと待ってて」

角社長が立ちあがった。次の仕事があるので、と辞しようかと思ったが、そう長くはないだろうから、昼食時間で調整しよう。この先のクライアント契約につなぐ端緒をつかまなくては。

くすんだブルーに白いレリーフ装飾が施されたティーカップが、目の前に供された。わたしでも知っているウェッジウッドの定番で高級品だ。マスクを取り、取り落とさないよう緊張しながら口に運ぶ。再びマスクをつけ、美味《おい》しいですと答える。

「リバティアヤナというサロン名は、角社長のお名前からつけたんですか？」

「半分はそうだけど、半分は別ね。サンスクリット語なの。アヤナというのは安息の地という意味」

「安息の地ですか。勉強になります。もしかしたら角社長のお名前の由来もですか？」

「どうかしら。聞いたことがないから違うんじゃないかな。美容師になったあとでお客さまからうかがったのよ。でもそのとき感動して、いつか独立して自分のサロンを開くときにつけようと決心したの。美容院はリラックスの場、安息の地だものね」

るだろう。

「夢を実現なさったんですね。しかも五店舗も。素敵です」

決してお愛想ではない。いわば独立の先輩だ。自分なら、事務所にどんな名前をつけるだろう。

そんな気持ちが伝わったのか、うふふ、と角社長が笑う。

「ありがとう。なんとかここまで大きくしたので、疫病なんかに負けたくないわ」

「本当に。ほかにもうちの事務所でお手伝いできることがあるかもしれません。お困りのことがあればご相談ください。税理士の資格を持つものもおります」

「そうねえ、家賃のほうの申請はもうしたし、考えてみるわね。でもまずはこの雇用調整助成金を早く、ね」

「がんばります。家賃支援給付金はすでに申請済みなんですね。……あ、そうか、家賃。だからこちらが事務所になっているんですね。わたし最初は、サロンの一部を事務所になさっているのかと」

店は一等地かそれに近い場所にあるはずだ。家賃も高いだろうから、デスクや書類を置くのはもったいない。そのスペースがあったらお客を何人か入れられる。ここは倉庫も兼ねているのか、積まれた段ボールにはリバティアヤナというロゴが入っていた。聞けばオリジナルのヘアケア用品だそうだ。

「ここが事務所なのは以前からだけどね。見てのとおり古いマンションだし、眺望は最初から無視して一階。でも荷物の出し入れには便利でしょ」

経費削減には普段から取り組んでいるということか。現在労務関係に向けている費用より抑えられるなら、うちに頼んでもらう目もある。そのあたりはおいおい探っていこう。

「ところで朝倉さん、あなた髪を切ったのはいつ？　トップがずいぶん重くなってる。それに前髪だけ自分で切っているでしょ。斜めになってるわよ。実は気になっていたの」

角社長がじっと見てくる。最初に笑われたのはそのせいだったのか。

「……あー、春には行くつもりだったんですが、忙しくてなかなか」

「春から全然っていう人、多いのよ。だからうちの業界が困ってるわけだけど。サロンでは換気を心がけているし、お客さまもスタッフもお互いマスクをつけてる。検温と手指消毒も徹底。安全なんですからね」

「はいそれは。でも忙しいというのは本当で」

「割引券、さしあげます。ぜひいらして」

# 3

事務所に戻って首尾を報告したところ、素子さんと丹羽さんが噴きだした。

「営業をかけるつもりが、逆営業をかけられたということね」

素子さんが扇子《せんす》であおぎながら言う。換気のために窓を開けているので、冷房がきいていないのだ。電気代が怖いと嘆いていた。

「ミイラ取りがミイラになったわけだ。まあたしかに、もっさりしてるね。相手はプロだし、よほど見ていられないと思ったんじゃない？」

丹羽さんも、どこかでもらったうちわを会社用にしてデスクの書類立てに置いている。

「無理すればうしろで結べるし、まだいいと思ったんですよ。マスクだってしてるし」

「マスクで隠れるのは顔で、髪じゃないでしょ」

丹羽さんがつっこんでくる。

「そっちじゃなくて、耳に紐《ひも》をかけたままでどう切るのかなと思ってたんです」

「ハサミで切れてしまうんじゃないかってこと？　まさか。避けて切るの。耳の手前で紐をひねって交差させて、もみあげから離す方法もあるし」

素子さんが実際にやってみせてくれる。なるほど、マスクはきつくなりそうだけど、髪と紐が離れた。

「あたしが行ってるとこは、顔に医療用テープを貼って固定だね。これなら染めるときも紐が汚れない」

「おふたりともちゃんとヘアサロンに行ってるんですね。仕方ないなー、今度の休みにうかがうとするか。デパートにも行かなきゃだし」

「まとめて用事を済ませるわけね。私もできるだけ外出機会を減らしてる。事務所に来たりクライアント訪問をしてる状況で言うことじゃないけれど」

「いいえ、デパートに行くために髪を切るんです」

はあ？　と丹羽さんが呆れ声を出す。

「デパートに勤めている友人がいるんですけど、彼女から売り上げに協力しろって連絡が来てるんですよ」

「あの業界も厳しいみたいね」

素子さんがしみじみとする。

「みたいです。で、その友人は職業柄おしゃれなので、彼女に会ったら絶対、その頭はなんだってどやされるんじゃないかって」

自分ではさほど問題ないと思っていたが、他人から指摘されると気になる。リバティアヤナのサイトで料金を調べたところ、割引券があってもいつも行っているヘアサロンと大差ない値段設定だったのでおののいた。けれど逆に考えれば、同じ料金でスペシャルコースを体験できるようなものだ。

そうして土曜日、わたしはリバティアヤナに出かけた。もらった割引券に印字された本店は、幸い自宅から一番近い店だった。スマホから予約を入れ、その際、ＬＩＮＥの友達登録も済ませた。割引券とＬＩＮＥのクーポンの併用ができると書かれていたからだ。

複合ビルの二階にある、ガラス壁のお店だ。自動ドアなのはいまどきありがたいが、換気はどうしているんだろう。

「強制換気システムが入っていますのでご安心ください」

わたしがきょろきょろしていたからだろう、受付前にいる、アルコールスプレーと非接触体温計を左右それぞれの手に持った男性に言われた。

その男性に案内されて席に着く。ロココ調とでもいうのだろうか、鈍い色の金属でレリーフの縁取りがついた優雅な鏡台の席だ。それが間隔を空けて並べられている。もともとゆったりしているのか、お客の数を減らしているのかはわからない。少なくとも予約の枠はいっぱいだった。

「スタイリストのご指名をいただいていませんでしたが、あたしが担当いたします。よろしいでしょうか」

わたしの背後に立ち、鏡越しに目を合わせてきたのは女性だった。同じくらいの年代で、おなかの大きな妊婦だ。

はい、と答え、希望する髪型や自覚している髪質を述べていく。女性の首にはネームタグがぶら下がっていた。沖田《おきた》しずかと書かれている。

「立ち仕事は大変ですね。わたしに次の予定はないので、マイペースでお願いします」

そう言うと、沖田さんの目が笑った。

数々の感染症対策とともに、ご希望によりおしゃべりを控えますと書かれた紙がパウチ加工されて受付に貼られていたが、情報収集のつもりもあって話をした。何年ぐらい勤めているんですか、美容院っていつが忙しいんですか、などなど。リバティアヤナは着付けもやっているらしく、成人式や卒業式のシーズンには集中的に忙しくなるそうだ。

「でも今年は卒業式や謝恩会がなくなったでしょ。だからそのときの予約が全部飛んじゃって、残念なことになりました」

ホテルや飲食関係に大きな影響が出たことは知っていたが、美容院もだったのか。

「お客さんが減った時期とも重なって、さぞ大変だったでしょうね」

「ちょうどつわりが酷くなったころだったので、あたしは楽をしたんですけどね。溜めてた有給休暇も使えたし」

「有休だったんですか?」

休業手当を出したんじゃなくて?

「あ、はい。その予定でシフトを緩めに組んでもらってたので、お客さまにはあたしの指名予約がなかなか取れないって叱られちゃったけれど。ただ、こういうときに取らなきゃ有休の価値ないし」

なるほど。もともと有給休暇を入れる予定でシフトが組まれていたなら、仕事がないとして雇用者側が休ませていたわけじゃない。

「体調はもうだいじょうぶなんですか?」

「ええ、みんな気遣ってくれるし、もうすぐ産休なんです。もし気に入ってくださったなら、お休み明けにご指名くださいな」

「え? どれだけ早く復帰するつもりなんですか。育休制度、ありますよね」

念のために確認した。もしもないと言われたら、就業規則を整えるようお願いしてみよう。

「あるけど、早めに復帰したいんですよね。……あの、ご結婚されてます? 保育園に入れるのって大変なんですよ。ゼロ歳児のほうが入れやすいし、産む前から動かなきゃだし。感染症対策でストレスがかかってることもあって、いろいろバタバタしてます。病院にも行かなきゃだから、休みすぎたせいで有休もピンチ」

あはは、と笑っているが、無理の利く身体ではないだろう。

今回の感染症関係の助成金には、妊婦に関わるものもある。医師でさえ、感染症の実態がつかめずに困惑しているのだ。妊婦のストレスは通常時より大きい。そういった理由で休みを取る人の経済的な不安をなくすために事業者に助成をして、妊婦に対する新たな有給休暇制度を整備してもらうのだ。

これはぜひ角社長にお勧めしなくては。そして沖田さんには、「母健連絡カード」を主治医に書いてもらうようアドバイスしよう。この有休は、あくまで医師または助産師の指導のもとで休業が必要とされたときに与えられるものだからだ。

「あの――」

と言ったと同時に、ではシャンプー台にといざなわれた。仕上げのトリートメントを頼んでいたのだが、その作業はアシスタントに代わるという。二十歳そこそこというようすの女性が椅子の背を倒し、顔にシートをかぶせてくる。たしかにあのおなかでは屈んでの作業は辛い。

どう話を切りだそう。お客が急に、助成金がどうこうなんて言いだしたら引くよね。経験談にするのは無理だから、姉がいるという設定にしておく？　でもつっこまれたときに困るし。

そんなことを考えながらトリートメントを終えて席に戻ると、二十代前半ぐらいの明るい髪色の男性がわたしのうしろに立った。

「マッサージをしたあとで乾かしていきますね。力が強かったらおっしゃってください」

「あ、はい」

と答えるわたしに柔らかな目を向け、髪になにかスプレーをして、頭をもみほぐしにかかる。重ねた両手でぽんぽんと頭頂部を叩き、そのまま肩に。心地いい。

「お上手ですね。十五分マッサージを受けたことあるんですけど、そういうお店みたい」

「マッサージコースもメニューにありますよ。専門の先生に講習を受けてますから、今度ぜひどうぞ」

目を細めた男性が笑う。

男性はマッサージ要員かと思っていたら、そのままドライヤーを当てられ、ブローもされる。

「あのー、さきほどの沖田さんは？　だいじょうぶなんですか？」

具合でも悪くなったのではと心配して訊ねた。

「だいじょうぶ？　え、ああ、だいじょうぶです。すみません、ご心配いただいて」

「いえ、だいじょうぶならいいんですが。……あの、どうして担当が代わったのかなと」

　きょとんとした丸い目で、鏡越しに見つめられた。それから頭を下げられる。

「申し訳ありません。本当は自分が担当させていただくつもりだったんです。まえのお客さまの時間がずれてしまって、手の空いていた沖田に代わってもらっていました」

「そうですか。でもわたし、スタイリストさんの指名は特にありませんでしたし」

　残りの話がしたかったんだけどな。

「はい。はじめてのお客さまですよね。沖田はもうすぐ産休に入るので、次のご指名までの間が空いてしまうため、常にいるもののほうがよかったんです。本当に失礼しました」

「沖田さん、早めに戻られたいようでしたよ」

「我々もそうしてほしいと思っています。ただ、お客さまの長さですと、二ヵ月に一度、せめて三ヵ月に一度はいらしていただきたいと考えておりまして」

　ちょっと恥ずかしくなった。ヘアサロンは半年ぶりぐらいだ。今ブローをしていることの男性はもうわからないだろうが、髪を切った沖田さんはきっと気づいただろう。

　整えますね、と言われてすきバサミを入れられ、後姿を見せられて施術は終了した。

　支払いをする受付カウンターで、やっと男性のネームタグに目を留めた。

　角篤史《あつし》とある。

この男性、もしかして角社長の身内？

店内を眺めてみたが、沖田さんの姿はなかった。

## 4

少し気になったけれど、まさか沖田さんが店から出てくるまで待つわけにもいかない。

ふと思いついて、沖田さんの名前やリバティアヤナという言葉でSNSに検索をかけてみたが、彼女のアカウントはあるのかないのか、つきとめられなかった。沖田さんの名前だけでは別の人が出てきたし、リバティアヤナでは膨大すぎた。超高級というほどではないけれど、それなりのランクで、若者から中高年まで幅広い人気のあるヘアサロンなのだ。

角篤史なる男性が、角社長の息子ということはわかった。そういえば、細くなったときの目元が似ていたような気がする。#アッシくん、#アッシくんに切ってもらったよ、#アッシくんトップスタイリストテストトがんばれ、などの#マーク——ハッシュタグつきの文章も出てきた。リバティアヤナには、アシスタント、スタイリスト、トップスタイリスト、アーティスト、という技術の階級があるらしい。店長になれるのがアーティストらしく、彼はまだスタッフの一員のようだ。

　とはいえわたしのやるべきことは変わらない。月曜になってから角社長に電話で連絡を入れ、妊婦への有給休暇に関する助成制度、「新型コロナウイルス感染症に関する母性健康管理措置による休暇取得支援助成金」について説明をする。

「それはつまり、妊娠している女性に向けた新しい有給休暇を作るということなのね？」

　角社長が確認してくる。厚労省の該当のサイトのＵＲＬは、メールでも送付済みだ。

「そうです。しかも制度の整備と社内周知は、休暇を付与したあとでもかまわないんです」

「ありがたい制度じゃない。やだ、この間教えてくれればよかったのに」

「すみません。対象となる方が働いている職場だとすぐに気づけなくて。……実は一昨日、お店にうかがったんです。いただいた割引券を使いました。ありがとうございます。そのとき沖田さんという女性に担当していただいたのですが、妊婦さんで。もう有休がピンチだとおっしゃってました」

「そうだったかもしれないわね。沖田は産休中に新しい有給が発生するから、今までのは使い切るようなことを言ってたし」

　年次有給休暇を付与するための出勤率に影響しないよう、産前産後休業中も出勤日扱いとして計算する。正しく運用させているようだ。

「有休がなくなったあと、産休に入るまでに体調を崩されて休むと欠勤になってしまいますよね。それがなおストレスになったり、休んではいけないと無理をすると、安全な妊娠生活が送れません。それを避けるために新たに有給休暇を増やすのが狙いなんです。この助成金は、その新たな休暇を合計五日以上、該当者に取得させた事業主に支払われます」

「ポイントは、合計五日以上で、新たな有休の整備で、その社内周知ね」

覚えこむかのように、角社長はゆっくりとつぶやく。

「はい、今は」

「今？」

「雇用調整助成金もそうですが、コロナ禍の状況に応じて作ってるので、内容や申請期限が今後変更される可能性もあるんです。申請期限を切り上げたりはしないでしょうけど」

ふふ、と受話口の向こうで笑う声がした。

「ありがとう。沖田は優秀な子だから、気に入ってくださったのね。しばらくの離脱は残念だけど、おめでたいことだし、こちらも復帰を全力でサポートするつもりなの」

「はい。三歳に達するまでのお子さんを養育する従業員には育児短時間勤務制度というのがありますので、ぜひご検討ください」

「ほかの店にも妊娠中の子がいるし、さっきの助成金、よろしくお願いします。それにしても羨ましいわねえ。昔はそういうのなかったから苦労したわ」

「角社長のご子息にもお会いしました。篤史さんとおっしゃる方」

あらっ、と角社長が驚いている。聞いていないのだろうか。とはいえわたしも予約時に名前は入れたが、仕事内容などは伝えていない。

「まだまだ未熟者なんですよ。そうだ、沖田がお休みの間は篤史に担当させてやってくださいな。未熟と言ったあとでお願いするのは失礼だけど、丁寧な仕事をします」

そうですか、と曖昧《あいまい》な笑い声を交えて返す。

沖田さんにせよ篤史さんにせよたしかに丁寧で素敵な仕上がりだけど、割引なしの価格で数ヵ月に一度はきつい、というのが正直なところだ。

「それで、雇用調整助成金の書類はもちろん作らせていただくのですが、先にこちらの母性健康管理措置のほうを申請してはどうかと思うのです。というのは、欠勤であっても事後的にこの制度の有休分とすることができるので、新たな有休制度があることを早く知らせておけば、体調が悪いときに安心してお身体を優先できるからです」

急に休まれる可能性もある、ということにもつながるので、言いづらいけれど。

「わかりました。そうしてください。沖田に連絡を取って、お医者さんにも相談して、母健カードでしたっけ、それをもらうことにしましょう」

話は早急にまとまった。翌日には沖田さんが病院に行ってさっそくカードをもらい、早く産休に入れるよう準備をはじめたそうだ。

沖田さんに入っていた予約も、ほかのスタッフに振りわけるとのことだ。わたしも取り急ぎ、書類を整えた。

**5**

「これ買ってー。こっちも買ってー」

大学時代からの友人、遠田《とおだ》美々《みみ》が右手と左手の両方にハンガーを持って迫ってくる。距離が近いって。ソーシャルディスタンス！

「なに、そのスーパーで駄々こねる子供みたいなセリフは」

次の休み、美々の誘いに応じ、久しぶりのデパートにやってきた。閑散とまではいわないけれど、レディースの衣料品フロアに人は多くない。

「雛子がなかなか来てくれなかったから、買ってほしいものが溜まってるんだって」

「無理無理。買えるのはオフ価格になった夏物のスーツ。美々が持ってるのそれ、秋冬物でしょ。まだ高いし、暑いって」

「ファッションの世界では八月から秋物を着るの」

「わたしは書類の世界の人間なんです」

もー、と言いながら、美々が首をふらふらと振る。マスク姿のせいで目から上しか表に出ないからか、アイメイクがキラキラで華やかだ。病院オペ室の女性看護師は目元まわりのメイクに命をかけている、という都市伝説を思いだした。

「美々は今、衣料品のフロアマネージャーだっけ？」

百貨店の本部勤めから、デパートの現場に移ったという話を聞いたのは去年のことだ。売り上げを倍にしてやると燃えていたのも遠い昔になってしまい、春には休業までさせられた。

「そ。アパレルきついよー。撤退する店が続々と出てきてる。外出を控える傾向は続いてるから、みんな服を買わないしね。その点、雛子は仕事で必要でしょ。今なら選び放題だよ。オフィスカジュアルよりもうちょっとカチッとした服がいいんだよね？」

「そうだけど、その分バラエティを出さなくてもいいから、枚数が少なくてもなんとかなる」

わたしがそう言うと、美々はまつ毛の先までよれなくマスカラを施した目で睨《にら》んでくる。

「雛子はお給料下がってないでしょーが。この先の不安だって、それほど感じてないでしょ。そういう人は積極的に経済を回すのよ。さもなきゃ、ますます未来が暗くなる」

美々の考え方はわからないでもない。ちなみに美々の弟の徹太《てつた》くんは無事に調理師免許を取得し、屋敷コーポレーションの契約社員になった。なったけれどもこの状況、屋敷コーポレーションに雇用調整助成金その他が入ったとはいえ、先行きは不透明だ。

「不安はあるってば。クライアントが次々と潰れたら、うちだってやってけない」

「そうならないために買って下支えをするんだって」

とはいえ独立を睨んでお金も貯めておきたい。どうしても財布の紐は固くなる。

「やっぱり服は売れてないんだね。おうち用のくつろぎ服や、オンライン会議用のトップスなんかは売れてるってニュースを見たけど」

「売れても単価が安いからね。ブライダルもパーティも全然だから、ドレッシーなものもさっぱり。新規にそろえるものは、そうだねえ、ベビー服はまだましかな。自分の子供用じゃなくてプレゼント用のお高いほうね。贈答品の値段はそう下げないものだし、中古品からの調達も少ない。今のとこは、だけど」

「中古品からのプレゼント調達、ない、じゃなくて、少ない、なんだ」

わたしはマスクの下で苦笑する。

「もらったものをそのまま転売サイトで売る人がいるんだよ。でも、デパートの包装紙や、ブランドショップの袋を閉じるときに貼られるデパートのシールに信頼を置いてる人は、それなりにいる。最近はプレゼントをSNSに載せるしね。こんなのもらったんですよー、って羨ましがらせたいわけ。ハッシュタグつけると、知らない人からもいいねって反応が来るし。ってことはまだ、うちにも『映《ば》え力』はあるんだろうね」

たとえばね、と美々がスマホの画面を見せてくる。わたしにはベビー服のトレンドなんてさっぱりわからないけれど、今人気なのはこれ、とブランド名にハッシュタグをつけて検索窓に入れている。

見知った顔が出てきた。

先週の土曜日に会ったばかりの沖田さんだ。美々が説明したとおり、サロンのスタッフ仲間からベビー服をプレゼントされたと書いて笑顔でその服を掲げている。Instagram にありがちなハッシュタグだらけの文章が並んでいたが、問題はそこに書かれた日付だった。
#いよいよ産休までカウントダウンあと四日。#明日は大好きなお客さまTさんの最後の予約日。#しばらく会えないの淋しいなあ。
写真の投稿から一日も経っていない。わたしがもらった資料によると、沖田さんはまさにこの日、昨日から休みに入っていたはずだ。なのにここからカウントダウンって、どういう計算だ。最後の予約日とあるけど、明日、つまり今日も仕事に行っているのだろうか。予約はほかのスタッフに振りわけると、角社長は言っていたのに。

これは……

「お休みの期間が足りなかったのよ。妊婦向けに新たに作る有休の助成金って、合計五日以上休ませてないともらえないんでしょ。沖田は産休に入る直前だったし、予約が入ってたらなによりもお客さまが優先でしょ。お客さまは沖田の腕を見込んでくれてるんだもの、仕方ないじゃない」

急遽、角社長に電話で確認したら、そんな返事が戻ってきた。お客さまが優先、そういえば以前もそんな話をしていた。

「だからってごまかしはいけませんよ。不正受給をしたら全額返金のうえ違約金も発生します。社名も公表されます」

「違約金もなにも、一円ももらってないじゃない。あなたさっき、申請はまだって言ったわよね」

「申請前だったお陰でぎりぎり助かったんです。申請しただけでも不正と見なされます」

冷房のきいたデパートにいるのに、写真を見つけたわたしは大量の冷や汗をかいた。美々に、具合が悪くなったのかと心配されたぐらいだ。言いつくろっておいたが、美々のお陰で不正に手を染めるまえに助かったのだ、予算より多めの買い物をしよう。

「だけどこんなの、気づかれないいんじゃない？　沖田の Instagram のアカウント、本名じゃなかったんでしょ。わからないと思うんだけど」

　最初に探したときに沖田さんのアカウントが見つからなかったのは、まさに名前の問題だった。アイドルのグループ名と、しずかという沖田さんの下の名前を並べていたのだ。

「わからないからいいという問題ではないですよ。沖田さんの別の投稿にはリバティアヤナのハッシュタグもあるし、お店の中も写っています。お客さまも沖田さんが働いていることを知っているんです。気づかれないなんて甘い考えは持たないほうがいいです」

　うーん、と鈍い声が、電話の向こうから戻ってくる。

「でも、周知っていうの？　特別な有休があることはスタッフに言っちゃったのよね」

「……沖田さんが取る予定の産休のうちの五日分を、新たに設定する有休の扱いにして実績を作り、助成金を申請することはできなくもないです。彼女が実際に休む日はそのままで、五日分を健康保険からの出産手当ではなく、雇用者からの有休付与という形にするんです」

「そういうことができるなら、あらかじめ教えてよ」

　いや、しれっと日にちをごまかしたのは、そっちじゃないか。これは今の制度のハードルが低いからできることで、今後の参考にはならないかもしれないし。

「まさかお休みになってない日を、お休み扱いとして申請するとは思ってもいませんでしたので。該当するかどうか疑問があれば、まずご相談ください」

こちらも最適な道をお知らせしたいのだ、それくらいはしてほしい。

「そ。まあいいわ。そっちもそっちだけど、雇用調整助成金のほうの書類、早くしてちょうだい」

## 6

「やばそうです」

「やばいかもしれないねえ」

週が明けて、事務所に出てきた山田所長に相談した。すぐにでかけるというのでアウトラインだけだ。

母性健康管理措置による助成金を申請しようとした女性労働者の休暇日についてごまかしがあった。雇用調整助成金の休業日についてもごまかされているのではないか、と。

「ショックです。ご相談いただけていれば方策はあったのに、なにも言わずごまかされて」

「雇用調整助成金のほう、申請に添付すべき書類を見た感じでは、どうなのかな」

「資料やそのコピーを借りてきていて、初見では問題なさそうだったんですが、出勤簿やタイムカードはなくてシフト表、賃金台帳はなくて給与明細、ざっくりしてるんですよ」

「もうちょっと具体的に」

「シフト表には出勤したスタッフ名が書かれています。一月のデータとくらべて、四月から七月の出勤人数はどの月もあきらかに減っていました。でも給与は百パーセントで支払われていて、月給制のため休業手当は給与の中に入っているとのことです」

「明細に、休業手当という項目はないんだね」

「ありません。月給に含まれるのは基本給と能力給。能力給がアシスタントやスタイリストといった技術階級への手当になっています」

わたしは所長に給与明細のコピーを見せた。

「なるほどねえ。出退勤の欄は、年次有給休暇の使用数と残数、特別休暇と欠勤で、実際に出勤した日数や休業日扱いの日数は記載されてないのか」

「はい。お店を閉めていた日は五店舗でバラバラ、従業員には交代勤務を命じていたそうです。その交代で休んだ分を給与に反映させず百パー支給してるので、申請するにあたって休業した日を数えています。ちなみに、お客が入っていないのはたしかでした」

「お客。そちらも調べたの？」

「事業活動の状況に関する申出書への添付書類がありますよね。生産指標の低下を示すための書類が。その添付用には売上簿を借りていたんですが、急遽、追加で予約表もメールで送ってもらったんです。シフト表とのつきあわせがしたくて」

「それは、その沖田さんというスタッフの件が発覚してから？」

「はい。そのときの電話で。いぶかしげにはされましたが、稼働率を求めるとお願いして――」

「ごまかしたんだね」

所長の目が笑う。

「ごまかしじゃなく、方便です。助成金のサイトにだって、売り上げがわかる既存書類のひとつとして『客数のデータ』が載ってるじゃないですか」

その例を根拠としたのは認めるけれど。

「ははは。で、お客さんに関しては申請のとおりだったわけだね」

「はい。そりゃそうですよね。当時の世間の状況を思いだせば、どう考えてもお客は少ないし、仕事になんてならない。だから正確なはず、なんですが」

でももやもやする。なんだかやばそう。そんな気持ちがぬぐえない。

「はず、という見込みで申請すると、痛い目に遭うよ」

「はい。不正受給に関与した社労士も処罰の対象になるし」

「我々もまた騙《だま》されたのなら、お目こぼししてもらえるはずだけどね」

そんなことを言われても、首を縦には振れない。騙されるのは恥ずかしいことだ。

「すぱっと断っていいんだよ。信用の置けない相手ということで」

「でも、断ったせいで入るかもしれない助成金が受けられなくなるのは、リバティアヤナにとってかなりの痛手ですよね。困ってる人を突き放すのはなー、って迷ってしまって」

マスクの下、所長が失笑した。

「じゃあ、納得いくまで調べることだね。そのかわり、期日を決めること。ほかにも案件を抱えている。困ってるクライアントは多いんだ。リスクが高そうなら撤退を選んで」

「ありがとうございます。正しい数で申請をしてもらえるよう、がんばります」

わたしは礼をした。

「いつもの朝倉さんだね。仕方がない」

じゃ、と所長が書類をかかえて出ていった。


とはいえ、さて、どうすればいいのか。

もらった書類だけ見ていても正しい数はわからない。シフト表と予約表、売上簿と、みかけは正しいからだ。

沖田さんのその後も気になっていた。叱責を受けていないだろうか。わたしの施術の担当が途中から代わったのも引っかかる。沖田さんは産休に入るから、次回の来店を期待して別の担当を予定していた、という理由は納得できる。でも代わって担当したのは角社長の息子さん。その篤史さんから角社長に、わたしが来店したという連絡がなかったと言っていたけれど、とぼけているんだろうか。ただの巡りあわせ、勘繰《かんぐ》りすぎかもしれないけれど。

いるかいないかは賭けだ、とばかりに夕刻、リバティアヤナの本店に足を向けた。店は火曜が定休日だ。カウントダウンあと四日、の四日目は、今日、月曜日の計算になる。

リバティアヤナのある複合ビルの二階は、外の暗くなった今、ガラス壁のおかげで内側がよく見える。窓際の席はすっかり空いていた。そろそろ閉店が近いだろう。

自動ドアから入ると、すぐにアルコールスプレーと非接触体温計をそれぞれ片手に持った男性がやって来て、そろそろ終わりの時間なのですが、と申し訳なさそうに言った。

「すみません、客ではないのです。沖田さんがいらっしゃったらと思って」

「ああ、沖田が担当させていただいている方ですね。明日からお休みに入るってご存じだったんだ」

男性は一転嬉しそうな声になった。訂正の間もなく、奥に取って返している。勘違いさせてしまった。

わざわざありがとうございます、と言いながら沖田さんが受付前までやってきたものの、わたしを見て眉をひそめた。わたしが何者かすでに知ったようすだ。

「お忙しいところ申し訳ありません。少しお話しできますか」

「……えっと、まあ」

「角社長になにか言われましたか？　Instagram のことで」

困ったような顔で、沖田さんが答える。

「あー、うかつだと叱られました」

うかつなのがよくないのではなく、ごまかしが問題なのだが、角社長はわかっているのだろうか。詳しいことを知らなかったらしき沖田さんはともかく。

「もしも今回のことで復帰後の扱いが悪くなるようなら、ご連絡ください。相談先を紹介いたします」

「変なこと言わないでください。角社長はそんな人じゃありません。いつもあたしたち従業員のことを一番に考えてくれてるんです」

思ったよりも強い口調だった。

「すみませんでした。休業手当が百パーセントで出ているのは、従業員を守るためなんですね」

「休業手当？」

沖田さんが驚く。

「ええ。緊急事態宣言下で店がお休みだったり、シフトが減ったりしても、お給料が満額で出てましたよね。休業手当が含まれているんです」

「それ、普通のことじゃないですか」

「そうとも限らないんですよ。仕事が無いからお給料は払えない、って言い張る会社もあるんです。そうはいっても会社都合で休ませたなら休業手当として平均賃金の六割以上、つまり最低六十パーセントは保障する義務があるのですが。満額でなんて本当に従業員思いです」

わたしは煽《あお》るような言い方をした。休業手当と聞いた沖田さんが驚いていたからだ。給与明細には休業手当という項目で載っていないし、沖田さん自身は有休で賄っていたようだからピンとこないのかもしれないけれど、なにかボロを出さないかと思ったのだ。

「満額は当然でしょ。だって……」

と、そこで沖田さんが言葉を止めた。目の動きも止まる。でもマスクのせいで、表情を読み取れない。

「だって、なぜなんでしょう」

「……だって生活があるし。人と接するお仕事だから、マスクしててもリスクはあります。六十パーかなにか知らないけど、それはリモートワークができる人でしょ。百パー出るのはきっとリスク代ですよ」

そのあと沖田さんは、片付けがあるのでと言って店の奥に戻っていった。

## 7

やっぱり気になる。

沖田さんがほかの会社を知らないだけかもしれないけれど、お客が来なくて仕事が休みになっていれば、誰しも給料が支払われるかどうか心配になるものだ。彼女は有休をとっていたから気にもしなかったのだろうか。とはいえ店のスタッフに友人はいたはず。ベビー服のプレゼントまでもらっているのだ。その人たちはどうなるのかと思うだろう。

もしかして、誰も休んでいない？

でもそんなことってあるだろうか。お客が来ないのに。あの予約表は偽造だったとか？　いやいや、お客だって感染を怖がってそうそう来られなかった時期だ。

もんもんとしながら、翌朝早めに出社して、事務所で再度、リバティアヤナから預かった資料とにらめっこをする。

どこかにある痕跡を、見逃していないだろうか。

「暑《あ》っつー。ヒナコちゃんも朝からがんばるねえ」

丹羽さんがやってきた。以前は扶養控除に伴う収入制限のため出勤時間の遅かった丹羽さんも、今はみんなと同じだ。それどころか。

「丹羽さんこそ早いですね。所長や素子さんよりも早い」

「家のことを夫に任せられる日だけね。早いほうが電車が空いてるじゃない。一時期、ここはどんな田舎だってほど空いてたけど、今はまた混んできてるからさ。案の定、感染者も増えてるでしょ。やっぱ気になるし」

いの一番にうちわに手を伸ばし、あおぎながら丹羽さんが言う。

「たしかに春は空いてて楽でしたね。その分、鉄道航空関係の会社は収入が減って大変だったろうけど。定期を払い戻ししてもらって通勤手当を減らす会社も――」

ん？　通勤手当？

わたしは給与明細のファイルに飛びついた。ひと月ごとになっていたものを外して、従業員ごとに並べていく。

「これだっ！　通勤手当がおかしい。一月のあとがなくて、四、五、六月はバラバラ。その三ヵ月分をトータルすると一月の分より相当多い」

「三ヵ月に一度の定期代支給から都度支給に変えたんじゃない？」

丹羽さんが訊ねながら近寄ってくる。

「だからって多くなります？　都度支給に切り替えるのは、定期代を出すほどの日数を出勤しないから、少なくするためですよね。リバティアヤナは、一月に支給して、二月、三月分はゼロか、人によって多少発生している程度です。つまり一月に三ヵ月分の定期代を出していた。四月はその額よりかなり多くて、五月、六月も額がバラバラだけど、二月、三月とはくらべものにならないほど多い」

「ってどういうこと？」

「あちこちへ行っている、ってことですよ。二月、三月と、人によって多少の通勤手当が出てたのは、他店へのヘルプの実費じゃないかな。でも四月から、ううん、四月の通勤手当は定期代プラスあとから実費を精算したものと考えると、三月ぐらいから、別の場所で働いていたんじゃないでしょうか」

どこでだろう。事業主が労働者を出向させることで雇用をシェアする場合でも、一定の要件を満たせば雇用調整助成金が使える。だったら正直に話してもらわないと。

考えこんでいた丹羽さんが、話しだす。

「ヒナコちゃんは知ってる？　高齢者施設などでは、美容師が出張して髪を切ってくれることがあるんだよね」

「高齢者施設！」

「まあ、そういうの今、やってないかもしれないけどね。面会も制限されてるぐらいだし、わかんないけど。だけど一般のお客のところに出向いて施術を行うってのは、ありえるんじゃない？　外出自粛って言われてたって、おしゃれをしたい人はいる。特にほら、あたしたちみたいに毎月髪を染めたいと思う世代はね」

「一般のお客。そっか。需要、ありますよね」

わたしはパソコンからリバティアヤナのサイトを開いた。プロの手によるのだろう、見やすくてストレスの少ないサイトだ。だがどのページを見ても、出張美容のリンクが見つからない。

「スマホのサイトからも見つからないねえ」

丹羽さんが、自分のスマホで検索をしてくれている。

「顧客だけが知っている秘密のサイトがあるとか」

「なんかおおげさな話だね。スパイ映画じゃあるまいし、わざわざ作る？」

丹羽さんの目が笑う。

作ろうと思えば作れる。

「……でも作る必要、ないかも。友達登録があるじゃないですか」

わたしも自分のスマホを取りだした。登録したＬＩＮＥでリバティアヤナを確認する。オリジナルのシャンプーやトリートメントを宣伝するメッセージがきていた。同じ要領で、お客が少なくなったころか緊急事態宣言が取りざたされたころに、顧客に向けて通知すればいいのだ。

ここに出張美容をやっているかと書きこんで訊ねたら、どんな反応がくるだろう。

「訊ねてみる価値、あると思いません?」

「自動応答じゃないなら、ヒナコちゃんの名前だと警戒されるんじゃないの?　あたし、友達登録してみようか。なんかわくわくしてきた」

「でも丹羽さんにやばいことに関わらせるのは」

「あはは。なに言ってんの。フツーのヘアサロンじゃない。利用しないかもしれないけどセールの情報は欲しいから友達登録してみる、そんなショップ、たくさんあるでしょ」

たしかにそうだ。やばいのは、働いているのに働いていないとしていることだ。

丹羽さんが友達登録をして、出張でお願いできないかと書きこんでみた。

十時を過ぎてから、ふだん利用している店と担当者、希望の日時、出張を希望する理由を訊ねる返事が戻ってきた。

## 8

事前の連絡なしでリバティアヤナの事務所に行くと、角社長以外にも何人か人がいた。

「お店の休日だから、ちょっとした事務仕事をしてるのよ」

そう説明された。彼ら彼女らは荷詰めの作業をしている。宅配業者の伝票が見えるから、オリジナルのヘアケア用品の通販に違いない。こういった仕事も、シフト表に載せていないときにしていたのだろう。

シフト表は多分、複数あったのだ。店舗に入るとき用と、出張美容などそれ以外の仕事用と。または申請のために店舗用を新たに作ったのかもしれない。沖田さんが満額は当然と言った理由もわかる。体調面から考えて出張美容に行ったかどうかはともかく、彼女もここでの作業に加わって、実態を知っていたんだろう。

「突然すみません。少しお話をさせてください」

わたしは頭を下げた。

「本当に突然ね。書類を持ってきてくださったの？」

角社長が目を細める。今日はバイアスストライプの虹色のワンピースを着ていた。全体の柄がVの字になっていて、白の配分が多いうえに裾に向かって色が濃くなっていくためか、カラフルなのにうるさくなく、爽やかにさえ見える。とはいえこの人だから着こなせているんだろう。カリスマ性を感じるというか、ファッションでも人を惹《ひ》きつける力がある。

「いいえ。資料をお返しにきました。申請書の作成はお受けできません。従業員を休業させてはいませんよね」

角社長の眉が、少しだけ上がった。

「出張美容をしているんじゃないですか？　シフト表に載っていない日に。ちょっと調べたんですけど、美容師免許を持っている方は、保健所に申請すれば出張美容が可能なんですね。ただし対象、つまり施術を受けられる人は、疾病や高齢などの理由で美容院に来られない方、またはそういう人を介護していたり、妊娠、育児中のため美容院に来られない方です。理由を作ってそれ以外の方にも広げて――」

「いいえ！　対象者にしか行っていません。美容師法に違反することになる。そんなことは断じてさせられません」

きっぱりとした声で角社長が言った。

そっちの法律違反には厳しいんだ。不正受給はもくろむのに。わたしはマスクの下で小さくため息をつく。語るに落ちるように話を持っていったわたしが言うのもなんだけど、信頼関係、もう、ないんじゃない？

角社長が咳ばらいをした。

「……お話、わかりました。もうけっこうですよ。でも参考までに教えて。どうして気づいたの？」

それを聞いてどうするつもりなのか。想像どおりの反応だ。

「誰かまた、ＳＮＳにでも載せてたの？」

「それは見つけられませんでした。でも従業員が載せなくても、お客さんが載せることはありますよ」

「出張美容は法律に触れていません。対象になる人かどうかもちゃんと確認しています」

あの、と誰かから声がかかった。

「私たち、出ていましょうか」

女性が心配そうに見てくる。うしろにいる人たちがこぞって見守っていた。

「もうすぐお帰りになるからいいわ」

「いいえ。もう少しお時間をください。このあと、申請の書類をご自身で作られるのではないですか？　それはお勧めできません」

なにが必要な書類かは厚労省のサイトに載っている。角社長は、役所の文章は難しくて読んでもよくわからなかったと言ったけれど、ある程度は把握できていたんだろう。家賃支援給付金も申請できているぐらいだ。従業員ごとに休業日を出したり、添付書類の判断をしたりといった細かな作業を、わたしに任せようとしたのだ。不備があれば、どうして気づいたのかと今訊ねたように、そこで潰すつもりだった。なにより社労士が作った書類であれば、申請も承認されやすい。

利用された悔しさを隠し、わたしは、時間をくださいともう一度頭を下げた。

険しい顔をわたしに向けている角社長が、一転、優しい顔になって従業員の女性に言う。

「じゃあ申し訳ないけど少しだけ。暑いのにごめんね。カフェででも涼んでて」

列になって従業員たちが出ていく。わたしは角社長と立ったまま向かいあった。

「さっきの質問にお答えします。気づいたのは通勤手当です。でもそこを再度ごまかしても、齟齬《そご》が出ます。売上簿、見せていただいたのは実店舗の分だけですよね。こちらで作業をしている通販の分があるはずです。また、出張美容について書きこまれたSNSは見つけられませんでしたが、リバティアヤナのアカウントでなさっているYouTubeは見ました。美容テクニック、セルフケア、アレンジメントなど、何度も更新されているし、そちらの広告代が入りますよね」

「広告代、そんなに入ってないわよ」

「通販への誘導がされていることが見てとれます。通販作業も労働ですよ。YouTubeへの出演も撮影も編集作業もです。そうやって働いているのだから、給与が満額出ているのもわかります。それを、お店で営業していた日以外は休業扱いにするなんて、無茶ですよ」

ふうう、と角社長が大きなため息を漏らした。

「そうやっていろいろやっても、工夫しても、利益なんて出てないの。マイナスなのよ。どうしろって言うの」

「……それは、わかりません」

「屋敷専務、言ってたわ。あなたは無理がきくって。なんとかならない？」

だからわたしを指名したのか、と目を瞠《みは》った。

無理がきくといっても、いろんな意味がある。屋敷専務はいつも強引に話を持ってくる。わたしの仕事の範囲を超えた問題まで解決させようとする。専務が言ったのはそういう意味の無理だ。でも角社長は、手心を加えてくれるといった意味で解釈したんだろう。

「たしかに屋敷専務のご要望は幅広く、無理をして対応することもありますが、不正に関わったことはありません。そこは納得していただいています」

恨みがましそうに、角社長がふいっと目を逸らす。

「あーあ。割引券なんてさしあげるんじゃなかった。あのときのあなた、見られたものじゃなかったから、ついね。なのにあなた、いろいろ探ってたのね」

「そういうつもりでは……。でも角社長も、ご子息をわたしの担当になさって、余計な情報が伝わらないよう牽制《けんせい》したかったのではないですか」

「失礼ね。そんなこと考えてませんよ。お客さまとして今後来店していただく可能性や各スタイリストの経験から、店長が判断して割り振ったのでしょう」

そちらは勘繰りすぎだったたか。ただ、角社長はわたしと会った最初に、頭のてっぺんから足のつま先までチェックしていた。わたしの外見から、あなどった部分もあるはずだ。

「すみません。たしかに失礼なことを申しました。ただわたしも、角社長には今後もお客さまになってほしいと思ったから、沖田さんにお話をうかがっていたんです」

向き直った角社長が、わたしを見つめてくる。

「私、息子を産んだあと離婚して、ひとりで育ててきたの。独立して小さな店から始めて、少しずつ増やしてきた。スタッフもひとりひとり自分の目で見極めて採用し、育ててきたの。あの子たちも私の子供みたいなもの。かわいいの。独立して自分の店が出せるよう手助けもした。これからもそうしていきたかったの。……なのに、全部崩れちゃったのよ。悔しいったらない」

「角社長……」

「でも生き延びなきゃいけないの！　あの子たちを生活させなきゃいけないの！」

マスクからさえ唾が飛びそうなほど、角社長は激しい口調になっていた。

「そんな気持ち、あなたにわかる？」

角社長がわたしの両肩をつかもうとして、一瞬止まった。その両の手を胸の前で合わせる。

「黙っていて。あなたは黙ってるだけでいい。あなたは私のお客じゃない。私もあなたのお客じゃない。もう関係のない人になったのよ。私がうまくやる」

そう、関係ない。

関係ないどころか、角社長はわたしを利用しようとした。この先どうなろうと自業自得、関わるだけ時間の無駄だ。放っておこう。そんな気持ちが頭をよぎる。

だけど。

わたしは首を横に振った。

「通報なんてしませんよ。でも無理です。申請してもはじかれます。わたしが気づいたぐらいです。そして虚偽の申請を出しただけで不正です」

「やってみなきゃわからない。だって書類審査でしょ。今、申請が山のように集まっているんでしょ。どこまでチェックできるっていうの」

「その段階で見逃されたとしても、助成金を受給すると会計検査院の実地検査を受ける可能性があります。保健所には出張美容の申請を出してますよね。自治体が持っていますが、助成金を審査する労働局と同じ厚労省が管轄していますよ」

「あなたの歳じゃ知らないだろうけど、昔は厚生省と労働省という別々の役所だったのよ。やってることが違う。たぶんだいじょうぶ」

「見込みで動かないでください。痛い目に遭います」

そして痛い目に遭うのは、角社長だけじゃない。

この部屋にいた人たちは、角社長を心配していた。沖田さんも、復帰後の扱いを心配したわたしに、角社長はそんな人じゃないと、失礼だと言わんばかりの剣幕だった。角社長のために説得するんじゃない。角社長のまわりにいる人のためだ。そして――説得できるとしたら、ここしかない。

「話しましたよね。不正が発覚したら全額返金のうえ違約金が発生して社名も公表されると。経営に影を落とすだけじゃありません。従業員が悲しむんですよ。ご自身の子供みたいなものだとおっしゃいましたよね。そんな彼ら彼女らが、子供が悲しむんです」

角社長の瞳が揺らぐ。

「どうか、思いとどまってください」


事務所の外に出ると、マンションの陰になっているところで固まっていた従業員が近づいてきた。背中を押されてわたしの前に立ったのは、さっき、出ていましょうかと言った女性だ。

その女性が口火を切る。

「なにがあったかわかりませんが、角社長は私たちを守ってくれているんです」

「角社長、ここ数ヵ月、自分の報酬を受け取っていません」

「僕らは角社長を信じてます」

わたしはできるかぎりの笑顔を作った。そして言う。

「なにもなかったんです」

「え？」

「なにもなかったんです。なにも起きていない。だからだいじょうぶです」

きょとんとしている彼らに失礼しますとおじぎをして、わたしは歩きだした。

事務所に戻っていく幾つもの足音を背後に聞きながら、わたしは所長にメールで連絡を入れた。仕事には結びつかなかったけれど、解決はしたと。

街路樹を照らす夏の太陽が、アスファルトに光と影のコントラストを描く。

わたしはその揺らぎを見つめた。

ひととおりの仕事はできるようになった。……つもりでいた。だけどこれが現実だ。未熟なのではと、見くびられてしまった。まだまだだ。

それでも、未熟なりにも伝わったはずだ。

角社長は自分が作った安息の地を守るために、卑怯《ひきょう》な道を選ぼうとした。けれどその道を進んではいけない。影のほうへと足を踏みいれてしまう。光の中にあってこそ、安息の地なのだと。

# 甘い誘惑

# 1

天高く馬肥ゆる、とはよく言ったものだ。

どんなに困難な時代でも、秋には美味しいものがたくさん待っている。新米をはじめ、旬の野菜にフルーツ、脂を蓄えつつある魚。気候もよくて食欲の湧く季節だ。そんななか、来店者が減少する飲食店は生き残りを賭けてデリバリーに力を入れ、通販事業も拡大させている。産地や販売会社だけでなく思いもよらぬ媒体まで、個人客への宅配サービスに参入しているようだ。

「パティスリー・キャベツ工房さんですか。お店併設のカフェを持っているから心配でしたが、通販でがんばっているんですね。このクッキー、美味しいです」

わたしは社名のロゴを印字した缶に目をやった。丹羽《にわ》さんが数枚ずつ小皿に取り分けてもじゅうぶんな量のクッキーが残っている。さっき食べたのは、生地に濃厚なチョコが練りこまれていた。オレンジ色や黄色のクッキーが多いのは、目前に迫るハロウィンを意識したのだろうか。缶の色もオレンジ色だ。

「カフェも意外とがんばっているよ。この間覗いたら、女性がいっぱいだったし。感染症対策で席数を減らしたせいか、ひとり客が増えたみたいだね。お客の滞在時間が少なくなり回転率も上がったそうだ。ただ、全般的には減益傾向。通販も以前からやっているから目新しいわけじゃないし、横ばいみたいだね」

山田《やまだ》所長が紅茶のカップを口に運びながら言う。

やまだ社労士事務所、ただいま妙に優雅な空間だ。普段はマグカップか湯飲み茶碗、ここ最近は各自がマイボトルで水分補給をしているが、せっかくクッキーとオリジナル紅茶をいただいたのだからと、丹羽さんが滅多に使わない客用カップを出してくれた。丹羽さん曰く、カップの飲み口が薄いと味わいが軽やかになるそうだ。

「だから同一労働同一賃金に後ろ向きなんですか」

わたしの言葉に、所長が苦笑する。

「後ろ向きというほどではないよ。ただ、どう整備していいか、手のつけどころに困っているみたいだ」

そういうことですか、とわたしはうなずく。

同一企業内における正社員と非正規社員の間の不合理な待遇差を、雇用形態にかかわらず公正にしていこう、というのが同一労働同一賃金の趣旨だ。今年、二〇二〇年四月から「パートタイム・有期雇用労働法」という名前で施行されていて、単純に考えれば人件費は増える。うちの事務所のクライアント先に多い中小企業への適用猶予が終わるのが、来年の三月末。適用スタートの二〇二一年四月に向け各企業が整備の最中だ。先行する大企業の例を参考にしているのである程度ポイントは決まっているけれど、それぞれの会社にも事情というものがある。

「パティスリー・キャベツ工房さんの待遇差解消の整備、朝倉《あさくら》さんに任せていいかな」

所長が言う。

「はい。もちろんです。でもこちらは、先代社長のころから所長が担当なさっていたのでは」

「申請書類や相談があるときだけだし、ほかにも未整備のところがあって手が回らないんですよ。頼みます」

「わかりました。お任せください」

胸を叩く勢いで、わたしはうなずいた。

「じゃあ僕は、その未整備のクライアント先にでかけてくるから」

所長が立ちあがった。小皿のクッキーを残したまま、目を背けている。

「召しあがらないんですか」

「さしあげますよ。ああ、いや、僕の目の前に置かれてたのだからダメだね。包むかなにかして、素子《もとこ》さんに渡してください」

所長の妻にして税理士の資格をもつ素子さんは、別のクライアント先に行っている。了解です、と丹羽さんがコピー用紙を持ってきて、残りを包んだ。

「こんなに美味しいのに」

そう言いながらわたしが次の一枚にかじりつくと、丹羽さんが笑いを漏らした。

「パティスリー・キャベツ工房さん、たびたびいろんなスイーツを出してくれるんだって」

「うわあ、なにその天国」

つい声が弾んだ。

「それが今は、まずいんだと思う」

「感染予防の観点からですか？」

「違う違う。健診結果という観点から。素子さん情報によると、甘いものはほどほどに、だそうだよ。だからヒナコちゃんに任せたんじゃない？　天国だと感じることも予測の上で」

なんだー、というわたしの声を聞き、丹羽さんがますます楽しそうに笑う。

「いいですよ。未整備の会社はまだまだあるし、ひとつずつ片づけます」

「お、前向きだねー」

「どうせ選ぶなら天国ですよ」

わたしも笑ってみせた。

## 2

漂ってくる甘やかな香りが、マスク越しでも感じとれる。

パティスリー・キャベツ工房は、カントリー風の住宅を模した本店の裏手に工場と事務所を持っている。そのおかげか、作り立てのシュークリームを供された。

「食べながらお話というのもいまどきアレなので、まずは先に召しあがってください」

総務部長の鈴木《すずき》さんが勧めてくれる。最初に飲み物のリクエストまで訊かれていた。

「まるでお菓子を食べにきたお客さんみたいですよ」

わたしは遠慮した。そうは言ったものの、通された小さな会議室の壁にはいろいろなケーキのパネル写真やイラストが飾られていて食欲が刺激され、甘い誘惑に負けそうだ。

「当パティスリー・キャベツ工房の定番、先代がヒットさせたシュークリームです。こういう品を作っているのだと、知ってもらうことからはじまりますので」

自信に充ちた笑顔の鈴木部長に、それではありがたく、と頭を下げた。

ひとくち頰張《ほおば》ると、しっかりしたシュー生地から香ばしさが伝わってきた。中に入っているクリームは、カスタードと生クリームが半々。あっさりしたクリームだがバニラが強めで、味よりも香りで甘みを感じさせる。濃い味のコーヒーによく合っていた。

口元と手を拭いてから、マスクをつける。

「とても美味しかったです。皮がぱりぱりしてるんですね」

お世辞ではなく、本当に美味しかった。まさに天国の味だ。

「うちの特徴です。そちらと、砕いたアーモンドをトッピングしたシュークリームが二大ヒット商品で、人気を得て店を大きくしていったという流れです」

パティスリー・キャベツ工房の創業は三十八年前、現社長、道下和雄《みちしたかずお》氏の両親、浩平《こうへい》氏と智子《ともこ》氏の作った洋菓子店が元になっている。ケーキ類も作っていたが、シュークリームが雑誌でたまたま取りあげられてヒットした。いっときの評判には終わらず、人を雇い店も大きくなり、工場を作り会社となり支店も出し、イートインのカフェも併設した。やがて賞味期限の短い各種ケーキやシュークリームだけでなく、クッキーなど日持ちのする焼き菓子を作ってデパートでも販売し、全国規模で味が楽しめるようになった。

しかし十数年まえに浩平氏が病を得、入退院を繰り返すことに。会社の代表を和雄氏に譲った三年前に、他界している。

よく知られた話だが、シューとはフランス語でキャベツのこと。その形からシュークリームのシュークリームの名前がついた。最初は「道下」の名だった洋菓子店を「パティスリー・キャベツ工房」としたのは、ヒット商品にちなんだからとのことだ。

「ありがとうございます。ごちそうさまでした。それで本題のほう、同一労働同一賃金の件ですが――」

「お待ちください。道下を呼びます」

と鈴木部長がスマートフォンを取りだす。手短かに話をしたあと、そのまま長机に置いた。ホーム画面が見えている。

「お子さんですか？　かわいいですね」

わたしは訊ねた。小学校中学年ぐらいのやんちゃそうな男の子と、もう少し小さな女の子のふたりが、鈴木部長とぎゅうぎゅうに頰を寄せ合っている。

「ちょっと古い写真なんですが、気に入ってまして。なにしろ上はもう中学二年生、生意気盛りで、こんな写真は撮らせてくれません」

そういうものかと思いながら、なるほどと相槌《あいづち》を打つ。

鈴木部長――鈴木周一《しゅういち》さん。四十代半ばほどで、総務経理部門をひとりで取りしきっている。部下はおらず、繁忙期は工場や販売部門から手の空いた人をヘルプに呼ぶそうだ。恰好がつかないので部長としているだけですと、ショートケーキの絵が描かれた名刺を渡しながら笑っていた。同一労働同一賃金の概要はご存じらしい。道下社長に正確な説明をするとともに、制度改正にともなう整備の方向性を見つけたいというのがご要望だ。

お待たせしました、という声とともに、背の高いひょろりとした男性が会議室に入ってきた。道下社長だ。コックコート姿かそれに類する服だと勝手に思いこんでいたが、スーツ姿だ。

「やまだ社労士事務所の朝倉雛子《ひなこ》です。よろしくお願いします」

名刺を交換する。道下社長の名刺にはエクレアの絵が描かれていた。もしかして、ひとりずつ絵を変えているのだろうか。

「こちらこそよろしくお願いします。書類とか数字とかなかなか慣れなくて、鈴木さんに任せっぱなしなんですよ。とはいえそれではいけないし、どうぞご教示ください」

温和そうに目を細めて笑う道下社長は、鈴木部長と同世代だ。

「そういえば鈴木さん。四菱デパートねえ、どうも今回は難しそうなんだよ。困ったなあ」

「社長、その話はまたあとで」

「ああ、すみませんね、やたらとバタバタしていて」

と道下社長はわたしに言いながら、椅子に腰かける。

道下社長、今もシェフパティシエを務める母親の智子会長の下でパティシエをしていると聞くが、社長としての営業活動も忙しいようだ。仕事は山積みなのだろう。

「それでは同一労働同一賃金の基本的なところからお話しいたします。お渡ししたレジメにもありますように、雇用形態にかかわらず、同じ仕事をしている人には基本給や賞与などあらゆる待遇において、不合理な待遇差を設けることを禁止する、というのが今回の見直しの趣旨です。また、その待遇についての説明を労働者に対して行う義務があり——」

厚生労働省のサイトを参考に説明する。鈴木部長はうなずきながら静かに聞いていて、表情の変化も少ない。一方、道下社長はときおり目を見開いたり、へえと声を漏らしたりしている。

「同じ仕事、というのが難しいですね。工場ではケーキを作る人、シュークリームを作る人、クッキーを作る人がいる。担当もちょっとずつ違って、個人個人が別のことをやっているんですよ」

道下社長が首をひねる。

「あまり細かくするとキリがありませんよ。定められたレシピに基づいてライン上で担当のお菓子に関わる人、ぐらいが同じ仕事と考えてください」

わたしの説明に、鈴木部長が小さく手をあげる。

「うちにいるパートやアルバイトといった非正規の人は、今は工場のラインにいる人と、店舗の接客販売スタッフだけなんですよ。工場なら、正社員はチーフという形でその担当ラインの全体を把握して品質や数量などの管理をし、出勤者のシフトも作っている。販売のほうも、正社員は店長を務めているか、売上高の把握や販売計画に参加しています。もちろんシフトも作る。一方でパートやアルバイトは、どちらも決められた時間にやってきて定められた作業を行います。正社員はパートやアルバイトと同じ仕事もしているけれど、プラスアルファがあるんです。これは別の仕事ととらえていいですよね」

わたしはうなずく。

そうなのだ。同一労働同一賃金が叫ばれたころから、正社員は非正規社員のやっていない仕事をしている、非正規社員からは一緒の仕事に見えていてもまったく違う、責任があるのだ、といった話が聞こえる。責任なら非正規社員だって持っているけれど、正社員のみにプラスアルファの仕事や管理的な業務が任せられていたり配置転換や転勤があるのなら、同一労働とは言いづらい。

「じゃあ同一賃金にする必要はない、ってことでいいんですか?」

道下社長が確かめてくる。

「基本給に関しては、同一労働でなければそうなりますね。仕事内容が違うという、待遇差を生む合理的な理由があるわけですから」

「能力や経験の差もその合理的な理由になりますよね？」

鈴木部長が念を押す。

「それらの違いについて、理由の説明がきちんとつくのであれば。……ただ」

「ただ？」

道下社長のおうむ返しに、レジメの別のページを示す。

「たとえば賞与。『同一労働同一賃金ガイドライン』によれば、賞与が業績等への貢献に応じて与えられるのなら、正社員と同一の貢献をした非正規社員には、同一の支給をしなければならないとなっています。Aのお店の売り上げがよかったから一ヵ月分のボーナス、ということになったら、非正規社員も同じように一ヵ月分。正社員は一ヵ月だけど非正規は半月分で、というのはダメです。時間外労働手当の割増率も同様です。それから通勤手当や単身赴任手当。これは正社員と同一の支給で。非正規社員に差をつける理由はありませんから」

「単身赴任者はいませんよ」

即答した道下社長に、鈴木部長が続ける。

「通勤手当は、実は差がついていました。パートさんには上限があったんです。これは改めないといけないってことですね」

「はい、そうしてください。でも、そもそもなぜ上限が？」

「近所に住む方を対象に募集するつもりだったので。あまり遠くから来られても困るし、来る方だって、パートって近くで探すものでしょう。実際、ほぼ上限に収まってます」

「設けていた理由はわかりますが、撤廃しましょう」

はい、と鈴木部長がうなずく。表情を見るに、指摘されることはわかっていたようだ。

「そして各種手当、たとえば家族手当や住宅手当。こちらはさきほどのガイドラインには示されていないんですが、均等・均衡待遇をするための対象になっています。御社はどうなっていますか？」

「住宅手当はないけれど、家族手当はあります」

「各社の事情に応じて労使で議論するのが望ましいというのが厚労省の指針なのですが、非正規社員に差をつける理由はないので同じように——」

そのことなんですが、と鈴木部長が身を乗りだしてきた。

「これを機に、家族手当を撤廃したいと思ってるんですよ」

「撤廃？　それは正社員もということですか？」

「そうです。さっきの賞与、それから対象者は少ないですが通勤手当、これらを捻出するためにはどこかを削らないと。たしか経営状況が厳しいという理由で同一労働同一賃金を逃れることはできないんですよねえ」

「もちろんです」

「私も一応勉強したんですよ。さっきからの朝倉先生の話、理解できています。進めなくてはいけないところを進めるためには、退《ひ》くところも必要でしょう？　家族手当をなくすことで、増える人件費を補おうと考えています」

鈴木部長が、道下社長へと視線を向けた。ならばとわたしは訊ねてみる。

「その話は、社長も賛成なんですか？」

ふう、と道下社長が天井を見上げた。

「聞いてはいたんですが、正直どうすればいいかわからなくて。社員はきっと反発しますよね」

と情けなさそうな目を、わたしのほうへ下ろしてくる。たぶんそうなりますね、とわたしが口を開くより先に、鈴木部長が答えた。

「覚悟の上です。売り上げは一時の落ち込みから回復してはいますが、まだ昨年度に届かない。準備していた新規出店はなくなったし、四菱デパートのフェアからは外されたところ、ですよね？」

道下社長がうなずく。さきほど言いかけていた話だろう。

「なにかを切るしかないんです。だったら今批判のある家族手当を切るべきです」

「批判があるんですか？」

「配偶者や子供のいない人はもらえない制度なので、不公平という声がよく届きます。

朝倉先生、どうでしょう、このアイディアは」

そうですね、と言いながら、頭の中で考えをまとめる。

「配偶者への手当をなくす動きは、社会全体の流れとして出てきてはいます。夫も妻も両方が働く時代には合わなくなってきているので。ただ、手当をなくせばそれだけ給与が減るので、代替えとなる施策が必要です」

「代替え？」

道下社長がまたおうむ返しにする。

「配偶者分の代わりに子供に対する手当を充実させる例が見受けられます。従業員の理解も得やすいですしね。だから子供に対する手当は残したほうがいいでしょう」

わたしの答えに、鈴木部長が頭を横に振る。

「それでは足りないんですよ。それに、パートやアルバイトの人は子供のいるお母さんが多いので、かえって増えてしまう」

「でもそういう人って、お父さん、夫のほうの会社から手当をもらってるんじゃない？なんて言ったっけ、扶養？　それをしてるのは夫じゃない？」

道下社長が口をはさむ。家族手当は被扶養者のいる従業員に対して付与しているそうだ。

「家族手当のある会社ばかりじゃないから扶養者を変更されるかもしれませんよ。それに、今後どう増えるかわからない手当を残すのは危険ですって、以前も申しあげましたよね」

「鈴木さんだってお子さんいるじゃない。下は僕のとこと同じ歳だよね。小五だっけ。バスケ部の」

「バスケ部は上の坊主のほうです」

「そうだった。レギュラーだったたよね。試合とかちゃんと見にいってる？」

「……いや、妻に任せきりで。あの社長、その話は今はおいておきましょう。家族手当の話を」

「ごめんごめん。でも手当がなくなったら、鈴木さんも厳しいんじゃない？」

「そこは身を切る改革というアレです。自ら泣かせてもらいますと訴えて、従業員の理解を得たいと思います」

家族手当廃止という案がするっと出たから、てっきり実行計画を立てさせるために呼ばれたのかと思ったが、道下社長と鈴木部長の間で、まだ意見はまとまっていないようだ。

「まさに、理解を得る必要がありますよ。手当がなくなるという話なので労働条件の不利益変更に当たります。原則として労働者側との合意が必要です。ちなみに御社には労働組合はありますか？」

わたしは訊ねる。いいえ、とふたりが同時に答えた。

「では労働者との個別合意を目指しましょう。労働者がこうむる不利益の程度、制度変更の必要性や相当性を丁寧に説明して協議し、納得してもらわなければなりません」

わかりました、とふたりがまた同時に答える。

「社長、どうでしょう、そういう形で」

押していく鈴木部長に、うーん、と道下社長がうなる。納得しきれていないようだ。ふたりが黙ってしまったところで、わたしは口を開く。

「人件費として出せるお金に上限があることはわかります。最終的には御社が方針を決めることとですが、家族手当を一気になくす案には反対の声が上がる可能性が高いでしょう。まずは配偶者手当の廃止だけにして、子供に対する手当は残してはいかがですか」

「話が戻ってますよ、朝倉先生。問題はそのお金の上限なんです。賞与を同一基準にするという、労働者……従業員側にとってのプラスがある以上、どこかでは減らさないと」

「でも正社員にとってのプラスはないですよ。手当廃止というマイナスだけです。たとえば第一子、第二子と、金額に差をつける形にして時間をかけて減らしていくというソフトランディングはどうでしょう」

いい落としどころはないかと考えて提案したが、鈴木部長は渋い表情を崩さなかった。

# 3

「豪勢なお土産ね。いただいていいのかしら」

シュークリームの箱を見た素子さんが、目を丸くした。斜めになっても崩れませんからと言われて身体の幅ほどある箱でいただいてしまい、電車のなかで苦労した。

「形が悪くてお店に出せないものだそうです。悪いと言ってもちょっとなので、ぜひとももらってくれと言われまして」

「……僕の分は気にしなくていいよ」

所長が遠くに目をやる。かたくなに箱を見ないようにしているので、つい笑えてきた。

「明日のおやつは冷蔵庫に入れておくので、残りはぜひお子さまがたに。この季節だからだいじょうぶだと思いますが、保冷剤もいただきました」

「子供たちなら全部ぺろりと食べそう。でも先に帰っちゃった丹羽さんに悪いわ」

「明日の帰りまで待つと味が落ちますよ。また機会もあると思うし。というか、うかがうことになりました。なんなら買ってきますので」

思わず肩が落ちた。甘くないお土産も、持ちかえっているのだ。

「手ごわかったですか？」

所長が訊ねてくる。

「はい。まだ決定ではないけど、家族手当を廃止した場合の代替えとなる施策の提案を求められました」

「なるべくお金のかからない施策、って条件よね」

素子さんがつっこんでくる。

「そうなんですよー。定期的に出す手当ではないものを、だそうで。よくあるのはリフレッシュ休暇ですかね。勤続何年などの区切りで与えられる少し長いお休み」

「その施策だと、非正規社員の人が対象となるにはハードルが高いね。事実上、手当が減るのは正社員だから、文句の出る可能性は低いだろうけど」

所長の言葉にうなずきながらも、でも、と返す。

「そのまえに、家族手当をなくす方針にめちゃめちゃ反発されそうです。家族手当のない会社もあると鈴木部長はおっしゃっていて、たしかにそうなんですが、今あるものをなくすのは厄介ですよね」

頭を抱えたくなる。それらの方針に伴う労使の話し合いに、同席を求められているのだ。

「制度改革のタイミングで手当の仕組みを見直すというのは、ある意味うまい方法なんだよね。理由を制度のせいにできる。家族手当は、人件費削減のために以前から手をつけたかった項目だったんだろう。結論は動かない可能性が高いね」

「でも所長、今回の同一労働同一賃金の制度って、正直、抜け穴ありますよね。同一労働ではない、とするために仕事内容を分けるとか、正社員にのみ新たな業務を加味するとかすれば、ある程度の理由になるじゃないですか。なんかずるいなー、って思うんですよね」

パティスリー・キャベツ工房で言えずにいたことを愚痴る。正社員と非正規社員の仕事、本当に同じ仕事なのか、実は別なのか、そう簡単に計れるんだろうか。納得がいかないと感じる人はたくさんいるだろう。

「それでも一歩は一歩なんじゃないかな。同じ基準にもっていく会社もあるんだし」

所長が言う。

たしかに。できる会社には体力があるのだろう。パティスリー・キャベツ工房は厳しそうだけど。

「ない袖は振れないわよねえ」

素子さんに言われ、わたしは大きくうなずく。

「お金がない。そう言われるとどうしようもなくて。今は仕事があるだけマシという空気ですし。新たな商品やサービスも模索しているそうですが、いまひとつらしく」

最初に注目されたシュークリームのようなヒット商品が出れば違ってくるかもしれな

いが、一発逆転はなかなか狙えそうもない。

お金のやりくりかー。ひとり暮らしの家計なら自分が我慢すればとも思うけど、会社はそうもいかない。でもなんとかしなきゃ。会社が傾かず、働いている人も納得できるような、ちょうどいいなにかを見つけないと。

「配偶者手当なしはベースとして、子供に対する手当は、人数で差をつける、年齢で差をつけるなどといった複数の案を出してみます。子供の手当は、今、十八歳以下が対象なんですが、ある程度大きくなったらカットというのもありかと」

「ある程度っていくつ？　中高生ってお金かかるのよー。教育費は増えるし、食費だってバカにならないんだから」

「そう言われると……、でも将来的に金額が増えていく方向にはできないんですよ。総務の鈴木部長もお子さんがいらっしゃるけど、身を切る覚悟で提案なさったそうです」

「お子さん、いくつ？」

「中学二年生と小学五年生です」

うわあ、と素子さんが声をあげる。

「これからが大変。あとで青くならなきゃいいけど」

# 4

複数の案をメールで送り、数日後、再びパティスリー・キャベツ工房に出向いた。今日は制度を改正するために労働者の代表を呼んで話し合いが行われる。これを足掛かりとして労使が合意できる形になればいいのだけど――

「話になんないねっ」

労働者代表の甲本《こうもと》さんが長机を叩く。

先日の会議室に、ひゅっ、と息を呑む音が響いた。

「どうしてパートの賞与を出すためにウチらの手当が削られるんだ？　賞与がほしければ正社員で雇ってくれる会社に就職し直せばいいだろ」

甲本さん、工場の焼き菓子部門のラインチーフを務めるベテランだ。鈴木部長や道下社長よりも年上で、五十代あたり。あー、そこから説明しないといけないか。

あのぉ、というか細い声がした。

「でも、その、一日八時間働くことができないから、パートをしているんです。家事も育児もあるし。だ、だけど働いている時間は正社員の方と同じだけの仕事はしてるつもり……いえ、してます。お客さんにも喜んでもらってるし。賞与をもらってはいけませんか」

非正規社員にも関係する話なので、パートの従業員にも来てもらった。本店のカフェで接客や販売をする佐治《さじ》さんだ。歳は四十前後、さっきの息を呑む音は、彼女からのようだ。

「賞与ってのは、働きに応じて出すもんだろ。正社員とは違う働き方をしてるなら差があって当然だ。それを同じだけよこせってのは図々しいにもほどがある」

甲本さんの言葉に、すみません、とわたしは手をあげる。

「社労士の朝倉です。お配りしたプリントにも書いたのですが、雇用形態の違いで待遇に差をつけないというのが、今回の同一労働同一賃金のポイントなんです。労働時間が違うし、賞与の基本となる額は異なります。その基本の額かける一ヵ月分だとか二ヵ月分だとかいう支給の基準を、同じにしようということです。同じ額が支払われるわけではありません」

「それが待遇ってやつか?」

いぶかしげに、甲本さんが見てくる。

「はい。同じ仕事をしているなら同じだけ賃金を払いましょう、というのが前提です。御社、パティスリー・キャベツ工房さんの場合は、正社員とパート・アルバイトの仕事内容は同じではないと聞いています。そのため基本給は違います。けれど個々人の頑張りや成果を評価するのに、雇用形態によって差をつけるのは不合理ということです。通勤手当もそうです。雇用形態で電車代が変わるわけじゃないんですから」

「は？　通勤手当？　それ違ってたのか。聞いたことないぞ」

「……近所に住む方を対象にするつもりで上限を。パートさんって、たいてい近くで仕事を探すものですから」

鈴木部長が身を縮めながら口をはさむ。でも、と慌てて続けた。

「ほとんどの人は上限内です。特に工場の人は」

うーんと甲本さんが腕を組む。

甲本さんは、洋菓子店が会社組織となったころから働いている方だそうだ。頑固そうな雰囲気を崩さないので、鈴木部長が低姿勢になっている。道下社長は説明を鈴木部長に任せ、ずっと黙ったままだ。ちょっとちょっと。社長なんだから、もうちょっとしっかりしてくださいよ。

おずおずと、佐治さんが手をあげた。甲本さんがぎょろりと目だけを動かす。

「入社時からバス代が値上がりして、数十円ほど足が出てる人はいます。同僚に。そろそろ上限を上げてほしいって言ってました」

ふん、と鼻息を響かせてから、甲本さんが言った。

「通勤手当で足が出てたのは知らなかった。そりゃまずいだろう。賞与もいまひとつ納得がいかないが、きまりだというなら仕方がない。だがどうしてウチらの家族手当をなくすのかがわからない」

「ですからそれも説明したとおり、費用を捻出するためになにかを削らなくてはいけないわけですよ。使えるお金は限られているんですから。で、どこを削るかとなると、対象者だけに支払われて不公平感のある家族手当ということに。パート・アルバイトさんまで手を広げるだけの余裕もないですし――」

鈴木部長が説明するが、甲本さんは納得しない。

わからなくもない。わたしが家族手当の代替えとして出した複数の案は結局、子供に対する手当も廃止でと言われ、リフレッシュ休暇だけが採用となった。休暇の対象者になるまでに時間がかかるので、言葉は悪いが、目に見えるうまみがない。会社側に歩み寄る気がない、と思われても仕方がない。

話し合いは一時間にも及んだが、結局物別れに終わった。

「やっぱり子供に対する手当はソフトランディングしたほうがいいですよ。配偶者のほうと両方廃止すると、かなりの反発をまねきます」

甲本さんと佐治さんが退室し、会議室には道下社長と鈴木部長、そしてわたしが残された。

わたしの言葉に、道下社長が「うん」と力なく答える。

「甲本チーフ、お子さんはそろそろ手当の必要がない年齢だから、ある程度理解を示してくれるかと思ったんですが」

「甲本さんが要るか要らないかではなく、労働者の代表として、自分とは切り離して考えているんですよ。子供のいる社員にとっては痛手になるわけですし」

「そうはいっても朝倉先生、前回も言ったように、無理なものは無理なんですよ。ここで人件費を抑えておかないと、会社が傾きかねない」

鈴木部長が言う。

「だとしたら、これだけ切迫しているから家族手当をなくすしかないと従業員のみなさんに数字を示して、危機感を共有するしかないのでは」

と、そこで会議室の扉にノックの音がした。鈴木部長が声をかけてみると、さきほどの佐治さんが気まずそうな表情で立っている。

「どうしたの。忘れ物？」

道下社長が優しく声をかける。

あの、えっと、と佐治さんはまたおずおずと話しだす。

「……その、さっきは言えなかったんです。わたし、喧嘩みたいになるのは嫌で」

「喧嘩じゃありませんよ。まずはみなさんの意見を聞きたいということで来てもらっただけだから」

　穏やかな表情で、道下社長がうながした。

「だけど甲本さん……いえ、社員の人たちは怒ってるでしょ。わたしたちもボーナスをもらえるようになるって聞いて、嬉しいと思ったけど、その代わりに社員の手当を減らすわけだし、職場の雰囲気が悪くなるんじゃないかって」

「そうならないよう働きかけていきますので、なにかあったらすぐに声をあげてください」

　鈴木部長が腰を浮かせている。

「でもなんていうか、声をあげるほどでもないちっちゃいギスギス？　みたいなの？　そういうのが不安で。どっちにしてもわたしたちパートは、家族手当の対象になる人は少ないだろうし、もらえるとも思ってなかったわけだし。あの、今のままではダメですか？　個人的には関係ない手当だなって感じるし、それ、言えなかったんです」

　それだけです、と身を縮めながら、佐治さんが扉を閉めた。

　ふう、と道下社長が息をつく。

「今のは議事録に載せたほうがいいんでしょうかね」

　言われて気づいたが、道下社長はメモを取っていた。わたし自身も書記代わりに記録していたが、まさか社長自らとは。

「佐治さん個人のご意見として、備考程度にでも。わたしのもあとでお渡しします」

レポート用紙を見ているわたしの視線に気づいたのか、道下社長がバツが悪そうに笑った。

「なかなか理解が追いつかないので、せめてと思いましてね。鈴木さんに任せっぱなしなので」

「道下社長はパティシエをなさっているんですよね。経営のお仕事もあって、お忙しいのだと存じます。うちの事務所にも頼ってください」

そう促すが、道下社長の苦笑は消えない。

「パティシエか。そちらもまだまだ修行中ですよ。実は最初は別の仕事をしてたんです。父の病気で急に家業を継ぐことになってそこから製菓学校に入って、覚えることも多くて。今も向いているかどうか、不安だらけです」

そうだったのか、と驚いたが顔に出さないようにした。

「道下社長は美術の先生だったんですよ。だから美的センスは抜群なんです。自信を持ってくださいよ、社長。ケーキのデコレーションのデザインなど、毎回、大人気ですから。ああいったイラストや宣材写真もお得意ですし」

鈴木部長が、壁のパネルを示しながら言う。

あのイラストと写真、社長の作だったとは。今度は素直に驚いた。いつ見ても美味しそうで、俗にいうシズル感が漂っている。あ、もしかして。

「お名刺に載っている絵も、道下社長の筆ですか？」

「ええまあ。お客さまや営業先での、話のきっかけになればと思って」

なってます、と鈴木部長が励ます。鈴木部長はうまく道下社長をフォローしているし、道下社長は頼りないけれど穏やかで優しい。人柄で従業員をまとめていくこともできるだろう。なんとかしたい。いい落としどころが見つからないだろうか。

「もっと細かくデータを出していきましょう。予測される賞与額、通勤手当、そして非正規社員まで広げた場合の家族手当を出して、どのぐらい増えて人件費を圧迫するのか」

「え。広げるんですか？」

わたしの提案に、鈴木部長が眉をひそめる。

「いったん、試算としてです。さきほど佐治さんが、また以前、道下社長もおっしゃっていたように、非正規社員は対象者が少なそうということですよね。まずは洗い出して、子供の数や上限年齢など複数のシミュレーションを行う。場合によっては、支給額を減少させれば家族手当を廃止しなくてもだいじょうぶかもしれません。今回は手当廃止という最も厳しい案を出したので、そこから譲歩したと感じてもらえれば交渉が進む可能性もあります」

「なるほど。値切り術みたいなものですね」

道下社長がやっと、ほっとしたような笑顔になる。

「しかしそれはかなり面倒な……」

ためらう鈴木部長に、任せてください、とわたしは声に力を込めた。

「シミュレーションはわたしがやります。鈴木部長は表に出せる範囲でかまわないので、現在の経営状態の資料をお願いします。なんとか説得していきましょう」

鈴木部長がしぶしぶというふうにうなずく。

「では賃金台帳と、給与所得者の扶養控除等申告書をお預かりしてもよろしいですか？　データになっているのならそれでも結構です」

パティスリー・キャベツ工房からは給与計算や年末調整を請け負っていないので、やまだ社労士事務所にはデータがないのだ。

鈴木部長が会議室を出ていった。道下社長もまた、仕事があるのでと続く。しばらくののち戻ってきた鈴木部長から、ＵＳＢメモリを預かった。

## 5

「どうしたの、顔が怖いよ。残業？」

事務所でＵＳＢメモリの中身を眺めていたら、丹羽さんが訊ねてきた。

「適当に切り上げて帰るつもりですが。……怖いですか？」

ここんとこ、と丹羽さんが自分の眉と眉の間を指でさす。

「皺《しわ》が寄ってたから、また面倒な事態に陥ってるのかと思って」

わたしはマウスを握っていないほうの手で、額をぺしぺしと叩いた。

「書類が足りないから変だなあと思ってただけなんです。これから連絡してみます」

「そう？　じゃああたしは先に帰る。これ、ありがたくもらっていくね」

丹羽さんがシュークリームの箱を掲げる。今回はお土産として自分で買った。ついでに、店に併設されたカフェで働く佐治さんのようすも見てきた。会議室で話していたときより声が高くて、マスク越しでも柔和な表情がわかる。スタッフの大半はパートやアルバイトで、店長やリーダー的な人だけが正社員とのことだが、誰がそうなのか見分けがつかないほどみな動きに無駄がなく、目で会話をしていた。彼女らも懸命に働いているのだ、こちらも応えなくては。

扉を出ていく丹羽さんに手を振り、鈴木部長に電話をかける。

「すみません、朝倉です。さきほどいただいたUSBメモリに、正社員の分の扶養控除等申告書がなかったのですが、追加でお送りいただけないでしょうか」

非正規社員の分は画像ファイルの状態で入っていた。当人の名前と住所程度しか記載されておらず、単身者か夫または父母が世帯主という人が大半だ。賃金台帳からわかる年収を考えると、いるかもしれない子供は夫のほうの扶養に入っているのだろう。年収の高いものが扶養するほうが、税金上、得だからだ。子供の扶養者を変更する従業員も少ないのではと予想される。

あー、と鈴木部長の声が聞こえた。

「忙しくてデータ化が止まっていまして。賃金台帳を見れば家族手当がついていることはわかりますよね。それでお願いできますか？」

「いえ金額だけだと、年齢を区切ってのシミュレーションができないんですよ」

扶養控除等（異動）申告書には、被扶養者の続柄や生年月日が載っている。そこから、特定扶養親族であるとか老人扶養親族であるとかがわかる。親世代に対する手当は支払っていないが、子供の年齢で分けて金額を出す予定なので必要だ。

「では従業員名簿からデータを抽出しますので、少々お待ちください」

しばらくのち、データがメールで送られてきた。家族手当を支給されている従業員だけの情報で、家族の名前は記載されておらず、配偶者、子、という続柄だけしかないので、ついうなってしまった。たとえば配偶者の当年中の所得の見積額がないので、今後扶養を外れる可能性があるかどうか、もらったデータではわからないのだ。

「……ま、これでもいいか。配偶者に対する手当はなくす方向だし、シミュレーションしたいのは子供に対する手当だから」

表計算ソフトに変換できるデータだった。さほど時間もかからず、いくつかのパターンが作れた。非正規社員の月別給与額から賞与の試算も行ってみる。子供の数で金額に差をつけていくと、人件費もそれほどアップしないことがわかった。

やったじゃん、と大きく伸びをする。これでなんとか、甲本さんをはじめとする労働者側にも納得してもらえないだろうか。


——と思って送った複数のソフトランディング案は、あっさり却下された。

代わりにどうかと鈴木部長が別案を出してきたのは、二度目の労使の話し合いの直前だ。

「これはまたなかなか、思い切ってますね」

シブチン、という言葉が頭に浮かぶ。どこから来た言葉だっけ。テレビで芸人さんが使っていたのを聞いたような。今度、丹羽さんに訊いてみよう。

「これがめいっぱいの譲歩なんですよ」

と言う鈴木部長の案は、小学校入学前までの子供を支給対象としたものだった。それ以降はまったくなし。素子さんによると、中高生にこそお金がかかるということだけど、どうなんだろう。

そう訊くと、鈴木部長は難しい顔をして、ストップとでも言うように片手をあげる。

「今は高校まで学費の無償化が進んでいるんですよ。親の収入や学校が公立か私立かによって違いもあるけれど、そこはそれぞれの家庭のことなので。幼児教育・保育のほうもその動きがあるんですが、こちらは年齢や預ける施設も加味されてややこしくて。配偶者の手当を廃止すると働きに出るパートナーも増えるだろうから、子供はどこかに預けることになりますよね。そういうわけで、この年代に手厚くするのがいいと考えたんです」

説明されると、腑に落ちる気もする。どこに一点集中させるかというひとつの答えなのだろう。かかるのは学費だけじゃない、と思わなくもなかったが、これがパティスリー・キャベツ工房が出した結論なら、こちらも労使の合意に向けてシナリオを書いていこう。

「道下社長も、こちらの案でいいでしょうか」

同席していた道下社長に訊ねると、うん、とうなずく。

「鈴木さんに任せてるから。うまく説明してください」

ほほえみを目に湛《たた》えていた。

相変わらずの穏やかさだけど、社長なんだからもうちょっとリーダーシップを発揮してほしいと、つい発破をかけたくなる。という気持ちはマスクの下に隠し、渡されたばかりの経営状態を説明するレジメを読み込む。

もう少ししたら、甲本さんと佐治さんが会議室にやってくる。今度こそ、納得してもらえますように。

## 6

「ダメだよっ。嫁さんの手当はなくすんだろ？　だったら子供は残すべきだ。食えなくなるやつがでる」

甲本さんがのっけから拒否した。配偶者に対する手当なので、扶養されるのは妻ばかりではなく夫でも対象なのだが、そこはつっこむまい。それよりも言質《げんち》を取ろう。

「配偶者への手当は廃止と、そこはご納得いただけそうでしょうか」

わたしが訊ねると、甲本さんが一瞬睨んできた。無駄な喧嘩腰はやめてほしい。佐治さんがまた発言しづらくなるじゃないか。

「まあ、な。ほかの連中とも話をしたが、時代の流れなんだろうな。両方が働かないとやっていけないし、働きたがってる嫁さんもいる。……ウチのもそうだ。あんたたちだってそうなんだよな」

とそこで、甲本さんは佐治さんに視線を向けた。窮屈そうに、佐治さんが肩をすくめている。

「だからウチは手当がなくても困らない。しかし若いのは困るだろ。いっぱいいっぱいなんだぞ」

「わかります。わかるから今回提示した案では、就学前までの子供への手当はそのままとしました。なぜなら――」

鈴木部長が、わたしにしたのと同じ説明をする。学費の無償化が進んでいるので、と。

「そんなの授業料だけじゃねえか！　部活だってあるし、塾だって行くだろう」

「いやですから、それもわかったうえでですよ。家族をお持ちの方ばかりではないので、削った分は今後広く、全体に向けて行う基本給への上乗せということも考えておりますから」

現在の経営状態と今後の見通し、ベースアップの見込みのレジメのページを鈴木部長が示す。見通しも見込みもあくまで予想なので、上乗せは保証されたものではないけれど。

憤然とした甲本さんの表情は変わらない。レジメを見つめ、腕を組んでいる。

「佐治さん、どうですか」

沈黙に耐えかねたように、鈴木部長が話を振る。

「……そ、そうですね。こちらにある子供に対する手当、パートやアルバイトも対象になるんですか？」

なかった。


「扶養している家族、という条件に合えば、一応、その予定です」

鈴木部長がそう答えるが、実は扶養控除等申告書を確認した限り、現在は対象者がいなかった。

「つまりそっちは手当が増えるってことだな？」

甲本さんが佐治さんに目を向ける。蛇に睨まれた蛙《かえる》のように、佐治さんが身を縮めた。

「現状、対象者はごく限られます」

わたしは口をはさむ。今後のことはわからないので、いないとは言い切らない。

「だとしてもなーんか納得できないんだよな。その同一がどうこうというのからして」

いや甲本さん、話を戻さないで。

「もう一度ご説明しましょうか」

わたしの言葉に、甲本さんが首を横に振る。

「いらん。わからないとかじゃないんだ。なんていうかこう、もやもやがなあ。……そうだ、同じ待遇にするっていうなら、それだけの義務も果たしてもらえるんだよな」

「義務、ですか？」

「ちょうど今から、クリスマスケーキの予約がはじまる。同じだけの販売ノルマをパートやアルバイトの連中も与えられるわけだな？」

販売ノルマ……？

「それはおいおい決めますので。その話はまた今度」

鈴木部長が苦笑を混ぜながら言う。道下社長がうなずく。佐治さんが思いだしたように眉をひそめた。

ノルマって、なんだそれは。聞いていない。

わたしは慌てて口をはさむ。

「ちょっと待ってください。販売ノルマってなんですか。詳しく教えていただけますか」

「なんですかもなにも、クリスマスケーキの予約のノルマだよ。ウチら社員は十五個以上、パートやアルバイトはたしか七個か八個は取ってくる約束だ」

甲本さんが答える。八個、のところで佐治さんがうなずいていた。

「予約を取りきれなかったらどうするんですか？」

「どう？　どうもこうもそれだけの数は予約分だ。知り合いに声をかけてなんとかする」

不審そうに、甲本さんが言う。

「なんとかならなかったら？」

「しつこいね。ならなければウチの分として普通に買うんだよ」

ああやっぱり。これはまずい。

「自分で残りを購入するということですね？　それは強要されていたり、給与から差し引かれたりしていませんか」

「強要？　そういうのはわからないけど、昔から予約を取るのが当たり前だし、買うのも当たり前だし、下の連中にもちゃんとやらせてる」

甲本さんが困惑と不満を半々にしたような声を出す。やらせてるって、どういうふうに？　甲本さんの態度では、購入を押しつけていると取られかねない。いや先日からの甲本さんの強い口調をみるに、確実にそう取られる。

「道下社長、鈴木部長。クリスマスケーキの予約には、毎年のノルマがあるんですか？　達成できなかったらその分を従業員に購入してもらっているんですか？」

わたしが向き直ると、鈴木部長は視線を外した。道下社長が首をひねりながらも話しだす。

「詳しくはわからないけれど、その分を見込んで材料も仕入れているから、全部はけていると思いますが」

そうだ、と甲本さんも言う。

「ウチは焼き菓子のラインだから数字は知らないが、社内用のケーキの箱は毎年山積みだ。で、なんなんだ？　あんた、なにをそんなにひっかかってんだ」

「自爆《じばく》営業って耳にしたことはないですか？　保険や年賀状の販売などで一時期問題になったことがあるのですが、販売ノルマのうち達成できなかった分を自腹で賄う行為のことです。今、お話をうかがっていると、かなりグレーに思えます」

「グレー？　販売ノルマがあってはいけないということですか？」

道下社長が戸惑いながら訊ねてくる。

「いえ、目標数があること自体は違法じゃないんです。ただそれを達成しろという強要や、従業員に購入させたり未達成の分を給与から差し引いたりという金銭的なペナルティを設けてはいけないんです。強要はパワハラになるし、ペナルティは労働基準法違反になります」

「ずいぶんおおげさだな」

甲本さんが呆れたように言う。

たしかにおおげさに聞こえるかもしれないけれど、労働基準法第十六条に、使用者は、労働契約の不履行について違約金を定め、又は損害賠償額を予定する契約をしてはならないとある。これに抵触するのだ。

「いやあ、でも、みなうちの商品が美味しいから買っているんだし、自主的なものですから。味や素材にするフルーツ、デザインなどのコンセプトを変えた毎年毎年のバージョンもあって、好評を得てるんですよ」

鈴木部長が取り繕う。

そう、労働者が自分の意思で行う、自主的な購入であれば問題ないとされてはいる。けれど毎年行っているから、当たり前だから、上司に言われたから、というのが実態なら、それはただの体裁だ。

「……そうなのか。疑問にも思わなかったよ」

甲本さんがぽつりと言う。

「そういうものだとずっと思っていらしたなら、仕方のないことだとは思います」

思ってもいないところで時間を取ってしまい、結局家族手当のことは次回に持ち越しとなった。配偶者に対する手当の廃止は納得してもらえそう、というのは一歩前進ということにしていいかな。疲れた。

「もう一度、子供に対する手当を見直しましょう。これで最後にしたいですね」

わたしはカラ元気を出し、明るく言う。

「手当の案はこのままにしたいというのが本音です。プラスアルファの施策を。リフレッシュ休暇以外にもなにかないでしょうか。お金の部分はこれ以上、いじりたくないので」

鈴木部長は険しい表情だった。道下社長は申し訳ないが次の用がある、と退席している。

「手当の配分を変えてもダメでしょうか。就学前の子供に集中させるのではなく、もう少し上の世代まで薄く幅広く」

「薄いとがっかり感が強まります。将来的にはなくしたい手当なので幅広いのもどうかと。道下社長も納得済みです」

ずいぶんこだわるなあと思ったが、そういう方針であれば仕方がない。

「わかりました、アイディアを出してみます。ところで鈴木部長、クリスマスケーキの販売ノルマの件は、通達を出すなりして従業員のみなさんに認識を改めていただいてくださいね。特に長くいる方は、ノルマを達成するのが当然だという意識をお持ちのようです。部下や、パート・アルバイトに強要しかねません。社会的にも問題になりますので」

釘を刺しておく。例によって佐治さん、甲本さんが会議室を出たあとで去年の状況を話してくれた。ノルマを疑問に思った人もいたけれど、ママ友やご近所さんに勧めたら人気店ということもあり予約してもらえたので、それきり忘れていたと。自分の家の分も含めて八個ならなんとかなるけれど、十五個はさすがにキツイという。

「お手を煩わせて申し訳ないです。美味しいものを広めていきたいという気持ちが行き過ぎただけなんですよ、ええ。朝倉先生もいかがですか？」

そう言って、鈴木部長がチラシを渡してくる。白いオーソドックスなものと淡いグリーンを基調としたものの、二種類のホールケーキが載った写真だ。

「サイズは4号です。今年はピスタチオ味でして、通常の販売で好評を得たものをデコレーションに凝って仕上げたスペシャルバージョンです。お渡し日は二十三日から二十五日の三日間のいつでもお好きに選べますよ」

「どちらも美味しそうですね。クリスマスまで間があるし考えてみます。で、ここでわたしが予約をすれば、鈴木部長のノルマが一個達成できるんですか？」

ちょっとだけ嫌みを投げてみる。

「いやあ、そういうわけでは。あはは」

「ところでケーキって、冷凍できるんですか？　自爆営業でたくさん買っても、食べきれないですよね」

「家庭用ではなく専用の冷凍システムなら。でもうちのクリスマスケーキは生が売りなので、そのままお召し上がりいただきたいですね」

「だったらなおさら、美味しいうちに食べてあげないとケーキがかわいそうです」

「全然食べられますよ。僕なんて去年、五個自分用に買って、夜、朝、夜、朝、夜と三日間とも食べました」

「三日間もケーキをデザートに？」

自爆営業を自白してますよ、とつっこむまえに、飽きずに食べることに驚いた。味が二種類あるとはいえ、大変そうだ。

「いえ主食です。甘さでおなかが膨れるのでほかのものは食べられなかったですが」

いっそう驚いた。ここのところ甘いものを控えている山田所長の顔が思い浮かぶ。

「健康に悪いですよ。血糖やコレステロールなどに恐ろしい数値が出ませんか？」

「ハイシーズンには健康診断を入れないようにしています」

それは目を背けているだけですよー。にこにこしている鈴木部長にそう言いたくてたまらない。

「お身体、ご自愛くださいね。ではまた連絡します」

見送りを遠慮して、そのまま直営の店を覗いた。事務所へのお土産、また買って帰ろうかな。でも今日残っているのは山田所長だけだし。

どうしようと思いながら、ガラスケースを眺める。定番のシュークリーム、エクレア、そして幾種類ものケーキ。ケーキはホールのままのものもあれば、それをカットしたピースもあった。鮮やかな色をした多種のベリーのタルトにふと目を惹かれる。数学の図形問題のように十二時三時の方向に切り取られていた。四分の一が売れている。

「アップルパイと柚子《ゆず》のチーズケーキが季節のお勧めですよ。今ならカフェも空いてますし、休憩していきませんか」

ケースの向こうに、佐治さんが立っていた。

「ありがとうございます。食べて帰る時間はないんだけど、そうですねえ、どれも美味しそう」

「味はすべて保証します」

「はい。三日続けて食べる人もいるらしいですね」

「それは超お得意様ですね。わたしは毎日は入らないので、お会いしたことがないと思うけど」

佐治さんの視線がカフェに向く。お客さんではないけれど会ってますよ、と可笑《おか》しくなった。

「そういえば、4号のケーキってどれですか?」

こちらですよと示してくれたのは、ピースに分けられているホールケーキより小さかった。直径を訊ねると、十二センチだという。

「クリスマスケーキってこのサイズなんですね。意外と小さいような」

「このケースの中で見てるからだと思いますよ。あとクリスマスケーキだと、高さがけっこうあるんです」

佐治さんが親指と人さし指を広げてみせた。

**7**

「これ、お土産です」

片手に持ったケーキの箱を掲げて、事務所にいた所長に挨拶をする。

「パティスリー・キャベツ工房さんの？　嬉しいけど僕は……」

「ベイクドチーズケーキなので日持ちします。明日切りますね」

ためらうような間を見せてから、所長が言う。

「朝倉さん、このあいだも自費で購入したって聞くし、気を遣わなくていいんだよ」

「ありがとうございます。でも気を遣ったわけじゃなくて、気になることがあったんです」

そう、気になった。あれはたぶん、そういうことだ。……ただ。

「……所長、相談していいですか」

もちろん、と所長が椅子をずらして向き直る。

「同一労働同一賃金を進めるためにいろいろ調べたら、とある問題に気づいてしまったんです。それをどうしたものかと」

「問題があるなら、解決できるよう働きかけていくべきでしょう。どうしたものかもなにも、なにをためらってるの。いつもの朝倉さんなら飛びこんでいくでしょ」

所長が不思議そうにする。

「推測に過ぎなくて。その問題を……正確には不正なんですが、それを暴いてもいいかどうかとか、その影響とか、考えあぐねているんです」

「暴かなかったらどうなるのかな」

「多分、スルーされます。ばれる可能性はあるけれど、今の状況ならばれずに済みそうです。証拠を隠すことはできそうなので。でもそれでいいのかなという気が」

正しくないことをしている。やめてもらうべきだ。告発しないと改まらないなら、相手に反発されてもそうする。だけど、改めるつもりがあるからこそ動いたのだろう。ばれる前に葬ってしまおうと。

本人はよくわかっている。わたしの告発は、断罪じゃないだろうか。

所長が、そうだねえ、と優しく相槌を打った。

「状況はわからないけれど、パティスリー・キャベツ工房はなんらかの秘密を抱えたままになるわけだね。僕らは会社からお金をもらっている。その証拠を隠すことが会社のためになるのか、不利益を被らないか、そこを考えてみてはどうかな」

会社のため……。わたしが告発したら、パティスリー・キャベツ工房に波紋が起こるだろう。けれど、それでも。不正は、隠しとおせても消えはしない。同じことが起きないよう、目を背けちゃいけない。

わたしはうなずく。

「もみ消してはいけないと、思います。でも推測じゃいけない。証拠を求めるために動きます」

翌日、わたしはエクレアの絵の載った名刺を手に、電話をかけた。

準備が済んだという連絡をもらい、パティスリー・キャベツ工房に出向いた。いつもの会議室で、道下社長とともに待つ。

「朝倉先生？　今日はいらっしゃる予定でしたっけ」

「ちょっとお話があって寄らせていただきました。お忙しいところすみません」

わたしが頭を下げると、緊張した面持ちのその人が、向かいの椅子に腰かけた。

深呼吸をしたい気分だった。せめてと一拍、間をおいてからわたしは口を開く。

「単刀直入に申します。過去五年間にわたり、家族手当を不正受給なさってますよね」

「……い、いやなにを。そんなことしてませんよ。だって」

「ええ。こちらが今年の扶養控除等申告書ですね。探してきてもらいました」

わたしはファイルに入れていた一枚の紙を、長机の上に滑らせる。

「そうですよ。ほら、ここにも書いてあるじゃないですか。妻と子供の名前が」

答えながら、源泉控除対象配偶者と控除対象扶養親族の欄を指さしている。後者のほうにはふたり分の名前が書かれていた。

「これは今年の分です。いったん集めるけれど、実際に年末調整を行うのはこれからですよね。書き直すことはできる。というか、わたしが家族手当のシミュレーションを行うために扶養控除等申告書を預かりたいと言ったので、念のため別のものと差し換えておいたんじゃないですか？　実は、過去の分も探してもらったんです。申告書の保存期間は七年ですから。これが五年前からの分です。五年前のものには配偶者と、子供ふたりの名前がありました。今年と同じ方々です。でも四年前以降は空欄になっている。どういうことなのでしょう」

　ファイルに隠していた残り五枚を並べていく。子供は、生年月日から計算して、今年、中学二年生と小学五年生になる。

「離婚……したんです。五年前に。子供は妻が引き取った」

　鈴木部長が、大きなため息をついた。

　次の言葉が戻ってこない。道下社長も目を伏せたまま黙っている。スマホのホーム画面の子供たちが小さかったのも、一緒に撮ったのが当時の写真しかなかったからなのだろう。

　わたしはもう一度口を開いた。

「思えば、非正規社員の申告書だけ画像ファイルだったのも不自然でした。正社員の分はご自身のものがあるので見せたくなかったんですね。家族手当を子供も含めて廃止したかったわけ、修正案では小学校入学前の子供までとこだわっていた理由も、鈴木部長のお子さまが除外されるようにと考えてのことだったんですね」

それなんだけど、と道下社長が控えめに手をあげた。

「手当をなくせば鈴木部長も損をするよね。どうしてなの」

鈴木部長が眉根に皺を寄せ、気まずそうにする。

「……掘りおこされない、と思って」

「どういうことです？」

道下社長の質問に口籠《くちごも》ってしまった鈴木部長に代わり、わたしが答える。

「手当そのものがなくなれば、支給の可否をチェックされることはない、ということだと思います。定期的に確認をしている会社でなければ、問題があると気づいてからはじめて過去の手当まで遡ります。なにもなければ確認されない。なにより取りしきっているのは鈴木部長です。だからばれずにすんだけれど、いつまでもそうとは限らない。だったらこの機会に全部なくしてしまったほうが安全だ。そうお考えになったんですね」

「……はい」

道下社長が、困ったように頭に手をやる。

「じゃあ鈴木さん、人件費が厳しいって言ってたのは嘘《うそ》？」

「いえっ、違います。厳しいのは本当で、抑制しなくてはいけないんです。なんとかできそうな項目が家族手当でした。家族手当のない会社もあるし、単身者から不公平という声が上がっていたのも本当です。給与の支給基準に変更が加わるタイミングでなくすべきと、自分のことを抜きにしてもそう思ったんです」

「だけどさあ、小学生未満だけ対象にしようというのは、意図的じゃない」

「……通りのいい理由が、思い浮かんでしまったので」

それが、学費の無償化が進んでいるという話か。

「鈴木部長、念のため確認させてください。扶養控除等申告書が空欄だからだいじょうぶだと思いますが、年末調整のときに扶養家族として含めて控除計算してはいませんよね。それをすると税額が変わってきますので」

わたしの問いに、鈴木部長がうなずく。

「してないですよ。私も、それをするとあとが面倒だと知っています。子供は妻が扶養に入れてるし、寡婦控除もあると聞いている」

寡婦控除とは、夫と離婚や死別したあと婚姻していない人が一定の要件を満たした場合に受けられる所得控除だ。今年、二〇二〇年から、扶養する子がいる場合は「ひとり親控除」という名称になっている。

「ただ正直……、不正受給をしようと思ってしたわけじゃありません。でも家族手当を削除するのを忘れていた。一年目はしまったと思い、二年目は誰にもわからないならこのままでもいいのではと思い、ついずるずると。……けれどだんだん、子供の話題に困ってしまって」

「困る、ですか？」

「普段の生活を知らないから、同世代の子供を持つ人の話についていけないんですよ。つっこまれないよう気を張っているうちに、いつか怪しまれるんじゃないかと怖くなってきて」

そういえば道下社長にバスケ部の試合がどうこうと言われたとき、話を逸らしていた。

「どうしてどこか途中の時点で、離婚したと告げてそれ以降の手当を止めなかったんですか」

道下社長が問う。……途中の時点でって、それもまた隠蔽《いんぺい》なんだけど。とはいえ、道下社長としては知りたくなかったのだろう。

「いいタイミングがなくて。追及されたらばれるんじゃないかと先延ばしにしているうちに、先にアイディアが思い浮かんでしまった。家族手当そのものをなくせばいいんだと」

また、思い浮かんでしまった、か。隠そうとしたからこそ浮かんだのか、アイディアが先なのか。鈴木部長本人も渾沌《こんとん》としているのかもしれない。

「本当に、すみませんでした」

鈴木部長が立ちあがり、腰から身体を折って道下社長に頭を下げる。そのままわたしにも向ける。

「ご迷惑をおかけしました。……それにしても扶養控除等申告書をお見せしなかっただけで、気づかれてしまうなんて。それとも、子供への手当を限定的にしたからですか？」

自嘲の笑いが交じる鈴木部長の問いに、違います、と答える。

「ケーキです。鈴木部長は五個のケーキを三日間、五回に分けて食べたとおっしゃいました。また、デザートではなく主食だった、ほかのものは食べられなかった、と。でも鈴木部長は四人家族とのこと。わたし、あのあと4号のケーキを買って帰ったんですが、四人であのサイズなら、四分の一はデザートの量です。バスケ部にいる中学生の男の子がいらっしゃるなら、ひとりで丸ごとでもいけるんじゃないですか。五個を食べるのに三日もかからないはず。計算が合いません」

素子さんと丹羽さんが出勤してきた翌朝、訊ねてみた。中学生の時期は過ぎているが、ふたりとも男の子がいる。ベイクドチーズケーキよりボリューミーだと伝えたが、一個ぺろりと食べるでしょ、という感想だった。複数のケーキ店のサイトを検索し、4号のケーキは二人から四人分として紹介されていることも確認した。

鈴木部長が椅子の背をつかんで体重を預けている。今にも崩れそうだ。

「……三日続けてのケーキは、美味しいけどやっぱり甘かったです。それが頭に残っていて、つい。嘘をつきそこねました」

## 8

鈴木部長は処分を受けて降格したが、ほかに総務経理の仕事のわかる人がいない。うちの事務所もサポートし、業務に明るい社員を募集しつつ、仕事は継続することになった。不正受給していた家族手当も返還することになり、手続きを進めている。

「配偶者と子供ふたりで、ひと月、二、三万円ぐらい？　五年間だと、けっこうな額になるよね」

事務所でのお昼休み、丹羽さんがスマホをもてあそびながら言う。

「ついずるずると、だそうです。鈴木部長……いえ鈴木さんにも昔は上司がいたんですが、その人の退職を機に昇格して、鈴木さんの元の位置に社員を入れずにアルバイトさんでまかなったせいもあって入れ替わりが多くて。そのうち部下がいなくても仕事は回る、一時的な仕事量の超過はほかから借りてこよう、ってなっちゃって、ひとり体制が定着したそうです。で、ブラックボックス化」

本当に甘かったのは、鈴木さんの認識だった。つい、つい、という甘い誘惑に負けた。

「ほかにも問題がないか書類を確認してるんですが、鈴木さん、きっちり仕事をしていて抜けもないんですよね。それだけに、隠そうと思えば隠せちゃう。他人のチェックが入らないって、怖いことですね」

ありがちー、と丹羽さんは苦笑する。

「で、結局、パティスリー・キャベツ工房さんの家族手当はどうなったの」

「配偶者の分は廃止、子供は今のまま十八歳まで支給だけど、金額は大幅に下げます。その後は毎年見直しして、時間をかけてなくす方向に。代替え施策はリフレッシュ休暇に加えて育児介護の休暇を増やして柔軟に取れるようにする。ということで、なんとか合意までいたりました」

甲本さんをはじめとする正社員たちも折れてくれた。

正社員が損をするのは納得がいかないけれど、自爆営業に気づかせてくれたのは今回の話し合いがきっかけだから、だそうだ。なにがどう転がるかわからない。

「終わりよければすべてよし、ってところ？」

その言葉に、今度苦笑するのはわたしだった。

「終わってないですー。っていうか、正直、道下社長にはもっと周囲に目を配ってほしいですよ。リーダーシップが足りないというか、鈴木さんひとりに任せっきりにしてたのが問題だったと思うんですよね」

「でも社長が交代して何年も経ってないわけでしょ。すぐに全部できるわけないいし、育つのを待つしかないよ。ヒナコちゃんだって、失敗したり壁にぶつかったりしてきたじゃない」

う、と声が詰まる。それを言われると辛い。

「それよりヒナコちゃんがもらってきたこのチラシのクリスマスケーキ、どっち買う?」

わざわざ取っておいたのか、丹羽さんが透明パーティションの越しにチラシを見せてくる。

「あはは。買うの前提ですか」

「そりゃそうでしょ。案件が片づいたお祝い。二種類とも買ってもいいかも」

「ひとり半分ならなんとかなるけど、所長は食べないだろうから三分の二個ずつ。多いですよ」

「だってどっちも美味しそうだよ。選べる?」

くじ引きで決めますか?　素子さんも入れて相談しないと。などと話しているうちに、所長が戻ってきた。

「おや、パティスリー・キャベツ工房さんのクリスマスケーキ。美味しそうですね」

そう言いながら所長はわたしたちのほうに近づいてくる。丹羽さんと目を見合わせた。

「どうなさったんですか。この間まで視界にさえ入れないようにしてらしたのに」

丹羽さんの問いに、所長が明るい声で答える。

「クリスマスケーキぐらいはね。毎日コツコツと、一駅余分に歩いていたら数値も改善して、お医者さんにも褒められました」

「やっぱりコツコツと、が大事なんですね。あと、目を背けないこと」

「なにがやっぱりなの?」

透明パーティションの向こうのチラシを見ながら、所長がわたしに訊ねてくる。

「パティスリー・キャベツ工房さんのことです。道下社長、いい人なんだけどリーダーシップが足りなくて。でも所長もコツコツ歩いて結果を出されたことだし、結局は一歩ずつなのかなって。もちろんチェック機能を強化してもらうなど、サポートはしますけど」

かつてのシュークリームのように、大ヒット商品が生まれるラッキーは望めないだろう。でも今やれることからやっていくしかない。そのための手助けをしよう。

来年も、パティスリー・キャベツ工房のクリスマスケーキが食べられるように。

「それじゃ、所長も興味津々のようだし、両方買っちゃいましょう。いいよね、ヒナコちゃん」

丹羽さんがウィンクを寄こしてくる。

望むところです、と大きくうなずいた。わたしも、どちらも美味しそうだと思っていた。この誘惑なら、負けても悔いはない。

# 凪を望む

## 1

午前の案件を終えてコンビニでおむすびとサラダとホットスナックコーナーの唐揚げを買ったわたしは、やまだ社労士事務所に戻る途中だった。雑居ビルのエレベーターを降りて廊下を進み——とそこで、業務用らしき銀色の大きな保冷保温バッグを肩に下げた女性とぶつかりそうになる。

「失礼しました！　あ、こちらどうぞ！」

やたらと声の大きな女性に、コピー用紙を渡された。モノクロで印刷された、丸文字で手作り感満載のチラシだった。日替わり弁当と書かれている。

では、と女性が一礼し、早足でエレベーターへ向かっていく。わたしと同年代から少し年上ぐらいの人だ。

事務所にいたのは丹羽《にわ》さんだけ。今まさに、うきうきとプラ容器の弁当の蓋を開けている。

「珍しい。流行りのウーバーイーツですか？」

わたしが声をかけると、丹羽さんが照れたような笑いを浮かべた。

「ううん。個人商店の出前。ここ、割と近所なんだよ」

「そうなんですか。ふうん、おばちゃんの食堂こまつ屋？」

もらったチラシに店名が書かれていた。十一時から十二時と、十六時から十七時半が配達時間となっている。ずいぶん早くて短いけれど、お客が店に食べにくるコア時間は、配達をする余裕がないのだろう。

「いいですね。頼んでみようかな。明日、一緒にどうです？　丹羽さん」

そう呼びかけたのは、覗きこんだ丹羽さんの弁当がとても美味しそうだったからだ。白米の上にゆかりが散らされていて、おかずのメインは唐揚げ。自分の買った唐揚げと見比べてしまう。そのうえきんぴらごぼう、ほうれんそうのごま和え、いろいろなキノコの煮びたし、切り干し大根と、総菜系の副菜がメインに負けないほど入っていた。おばちゃんの食堂という冠にぴったりだ。大きめのカップに入っているのは味噌汁だろうか。十一月も半ばを過ぎ、秋というよりもう冬が近い。わたしもサラダではなく汁ものを買えばよかった。

「連日ってのはちょっとね。こういうのはたまだからいいの。帰り道で見かけて気になってて、タイミングを見計らってたんだよね」

そういえば丹羽さんは手作り弁当派、たいてい毎日、家から持ってきていた。

「このお店、帰り道にあるんですか？」

「最近、山田《やまだ》所長を見習って、一駅歩いてるんだ。隣の駅まで、飽きるからいくつかルートを変えてね。そのルートのひとつ、商店街と住宅街が交じったような裏通りで見つけた。常連向けって感じのひなびた店なんだけど、ちょうどお腹がすいてるときに通るじゃない。こんな時期なのにけっこう人が入っているし、いい匂いがしてるからつい惹かれるんだよね。でも食べて帰るわけにもいかないし」

たしかにそうですね、とわたしはうなずく。丹羽さんの家は夫と子供ふたり。夕飯は家族で食べている。

「で、店の入り口そばにお弁当のチラシが置いてあったから試すことにしたわけ。自分ちの味付けのヒントにもなるし。だけど二日続けてはね。じゃあ、お先に」

そう言って、丹羽さんはマスクを外してまず唐揚げから口に運ぶ。満足そうに笑って、左手の親指と人さし指で丸を作った。

いいなあ、と思いながらわたしも自分の食事の用意をした。コンビニの唐揚げ、美味しいけれどやっぱり負けた気がする。そう思っていたら丹羽さんと目が合った。にやにやしながらVサインを見せてくる。ピースじゃなく、本来であるビクトリーの意味に違いない。

やまだ社労士事務所の最寄り駅から隣の駅までは、四車線道路を持つ大通りを歩くのが一番楽だろう。夜七時過ぎ、立ち並ぶビルの上階のオフィスから出てくる人々が、一階の路面店の灯りに惹かれることなく歩道を急ぎ足で歩いている。

丹羽さんから場所を教えてもらっていたので、途中からお店のある裏通りへと足を向けた。大通りから二本、奥に入っただけで建物の雰囲気が変わった。道に車線はなく、言われたように商店と住宅が混在する通りだ。道のぎりぎりのところに二、三階建てぐらいの家が並んでいる。古い建物は商店が多く、新しい建物は商店を潰して住宅を建てたと思しきつるんとした家だ。シャッターを下ろした店のなかには閉店したまま長いのか、そこに書かれた文字が消えかかっているものもあった。とはいえ街灯は明るいし、ところどころ開いている店もあり、ちょっと古めの商店街という印象だ。コロナ禍以前は案外、穴場や隠れ家店としてのにぎわいがあったのかもしれない。

こまつ屋は、のれんからみるに年季の入った店のようだ。入り口はガラス戸で、大きな窓もあり、中のようすが窺えた。カウンター席と、見えるかぎりではテーブル席がみっつかよっつという、こぢんまりした設《しつら》えだ。カウンターの向こうには女性がふたり。

ひとりは白髪頭で六、七十代、もうひとりは二十代から四十代といったあたり。マスク姿ということもあり、若いほうが昼の人と同じかどうかはわからない。

少ない通行人のほとんどは裏道として使っているのか足早だったが、ニット帽をかぶって杖をついた年配の男性がひとり、足元をたしかめるかのように下を見て、ゆっくりと歩いていた。どこか痛いのか、足が上がらないのか、よろけているのでだいじょうぶだろうかと思っていたら、なにもないところで躓《つまず》きそうになった。

「危ないですよ」

かけよって手を差しだそうとしたら、思いのほか強い目で睨まれた。寄るなとでも言いたいのか、空を手で払ってくる。

「らいじょうぶら。なれてう」

言葉が少し聞きづらかった。だが両足でしっかりと立っている。

「……あ、すみません。でも」

「リハビリら。いつもそうしてう。かまわんれくれ」

人のいない昼間のほうが安全なのでは、でもそれなりに明るいし、大通りほどの人通りはないからぶつかりはしないかな。と少しだけ疑問は持ったが、失礼しましたと言って引き下がった。男性はまたゆっくりと歩きだす。

わたしはもう一度こまつ屋に目を戻した。歩いていればいいけれど立ちどまると少し寒いので、温まっていきたい気持ちはあったが、思いのほかお客が多くて入るのはためらわれた。もらったチラシには夕方にも弁当を売っていると書かれていたが、入り口そばにひっかけられた小さなホワイトボードには終了しましたの文字。

今度、お昼に弁当を頼もう、そう思いながらわたしは隣の駅を目指した。スマホの地図アプリを見るに、この通りをまっすぐ進んでも、垂直に交わる小道へと曲がって大通りに戻ってもどちらでも着きそうだ。

## 2

今度頼んでみようと思ってから、十日ほど経ってしまった。配達の時間が短く、そのタイミングでは事務所にいられなかったからだ。でも今日は、朝から事務所で仕事だ。丹羽さんだけでなく、素子《もとこ》さんも所長も事務所にいると昨日からわかっていたので、全員がお弁当を持たずに来て、朝一番で電話をかけた。

「なんだかわくわくしますねえ。お弁当ひとつで」

所長が嬉しそうに言う。丹羽さんが美味しかったと言っていたし、わたしが何度も「今日も頼めないー」と騒いでいたので、所長も素子さんもすっかりその気になっていた。

「みんなで一緒に食事に行くことがなくなってたじゃない。たまにはいいものよね」

素子さんも笑顔だ。事務所では、おやつはよく食べるが、わたし以外は家族持ちなので一緒に食事をすることは滅多にない。それでも季節ものの書類の締め切り後のお疲れさま会や、忘年会は、所長のおごりで行っていた。だけど今年に入ってからは一切ない。いつもなら今月行う忘年会も、早々にナシになっていた。

「それにしても遅いね。配達する先がたくさんあるのかな」

丹羽さんが時計をたしかめている。十二時を少し過ぎていた。店舗のほうも忙しくなる時間だろう。

と、そのとき大きな声がした。

「申し訳ありません！」

入り口に駆けこむようにやってきたのは、先日、丹羽さんに弁当を届けにきた女性だ。素子さんがすかさず寄っていく。

「ご苦労さまです。多少遅くても別にかまいませんよ。お代を——」

「いえ時間だけじゃないんです。中身がごちゃっとなってしまって。あと水気も」

それならばと、素子さんが女性をなかへと案内する。作業机を兼ねた打ち合わせ用のテーブルの上に、レジ袋に入った弁当を置いてもらった。プラ容器が重なっているのが見える。さらにもうひとつ置いたレジ袋の底が、茶色くなっている。

「転んでしまったんです。カップは紙で仕切ってたんですが、倒れてしまって」

丹羽さんがすかさず布巾を持ってきた。カップには蓋がつき、さらに全体がラップで覆われていたが、そのラップの内側に水分が滴《したた》って滲《し》みだしている。

「お碗かマグカップにでも移し替えようか」

丹羽さんが提案した。素子さんがそうだねとうなずいている。

「本当に申し訳ありませんでした。そういうわけでお代は、あの、割り引かせてください」

頭を下げた女性の言葉に、素子さん、わたし、所長と、素早く目を見合わせる。

「それはあらかじめ取り決めがあってのお話？　または店主さんか誰か、責任者に連絡してあるの？　あなたの判断？　それともあなたが店主さんなのかしら」

矢継ぎ早な素子さんの質問に、女性は困ったような顔になった。

「……えっと、あたし……の判断、です。お店にはまだ連絡してなくて」

「あなたはそのお店に雇われている人？」

「はい。でも今忙しいから、たぶん電話に出てくれないと思うんです」

「割り引いた分、自分の財布から出そうとか思った？　それ、いつも求められたりしている？」

「求められては……、でもあたしが転んだのが悪いんだし、だからあたしが」

「それはよくない」

わたしと所長の声が重なってしまった。女性はいっそう不安げな表情を浮かべる。

「ごめんなさい。責めてるんじゃないんです。逆です。まず、今のような軽い過失にあたるものは損失分を従業員に請求してはいけないし、給料から天引きしてもいけない、っていう労働のルールがあるんです。だから割り引くなら、ご自身の財布から補填せず、引いたあとのお金をお店の人に渡す形で問題ないんです。だけどそれを勝手にはできないでしょうから、確認なさってからのほうがいいですよ、って話なんです」

わたしはマスクの下でめいっぱいの笑顔を作った。

「……そうするとお店が困っちゃうし」

今、目の前の女性を困らせているのはわたしたちだ、とは思ったが、続けた。

「少々の過失は誰にでもあるから、その損は織り込み済みにすべきなんですよ。まずは電話なさってください」

女性は素直にスマホを出したが、コール音が鳴っているだけだ。しばらくして首を横に振る。

「ではいったん正規の料金を払いましょう。割り引いてくれるならあとで連絡をください」

所長が穏やかな声で言った。

「でも……」

「あなたが判断したらあなたの責任になってしまうでしょ。こちらももやもやしてしまうから、ね」

所長の言葉に、ありがとうございます、と女性が頭を下げた。

「ところであなた、怪我《けが》をしてますよね。転んだときのもの？　配達途中なら労災になるんですが」

と、所長が続ける。わたしも気づいていた。女性の左手、小指側の側面が擦り傷になっている。

「その手のほかに、どこか痛いところはありますか？　もしも頭を打っていたなら病院に行くほうがいいですよ。その場合は労災の怪我だと受付で言ってくださいね」

「こんなのも労災なんですか？」

不審そうに、女性がおうむ返しにする。

「もちろんそうですよ。労働災害、労働者が労務に従事したことによってこうむった負傷ですからね。病院への支払いは労災保険から出されるから、あなたの負担はありませんよ」

「負担はない、って、タダってことですよね？」

女性が所長をじっと見ている。

「あなたのほうはね。病院によってはいったん支払ってから申請後に戻ってくる形ですが」

「そうなんですね。あ、頭は打ってないし、足は打ったけどたいしたことなさそうな感じです。病院も必要ないです、あたしは」

ん？　と女性の言葉に引っかかった。あたしは、ってどういうことだろう。

「もしかして、転んだというのは誰かとぶつかったんですか？」

わたしは口をはさんだ。

「いえ、そうじゃないんです。でも怪我をした人がいて……あの、今の話、別の人に詳しく説明してもらってもいいですか？」

「はい、かまいませんよ」

わたしは名刺を渡した。丹羽さんも取りまとめておいた弁当代を出している。

「では割り引きの件と合わせて連絡します。ありがとうございます！」

女性が深々と礼をした。やってきたときとはうってかわり、すっかり明るい声になっていた。早足で戻っていくようすからみて、彼女の怪我はたしかに軽そうだ。

「おかずもちょっと寄っちゃったね。お味噌汁、置いておくよ」

丹羽さんがお碗に移し替えた味噌汁を、それぞれのデスクに配っていく。各自が、打ち合わせ用のテーブルから弁当を取っていった。素子さんは距離をとるため、そこに残って食べる予定だ。今日のメインは大きな焼き鮭。たしかに一方に偏っていた。

「もしかしたら未加入災害かもしれないねえ」

所長がぼそりと言った。

労災保険は、従業員を一人でも雇えば強制加入、事業主が手続きをしなくてはいけない。アルバイトか正社員かも関係ない。雇用保険のほうは従業員——労働者にも保険料の負担があるが、労災保険は事業主のみの負担なので給与からの天引きもなく、加入しているかどうか労働者側では気づきにくい。加入し損ねたままの事業所も、実はある。保険料がもったいないという理由で加入していないだけでなく、知らなかったということもあるのだ。

「個人商店だそうですし、ありそうです。でも事故が起こってからでも、後追いできますよね。事業主にはペナルティがあるけれど、労働者のほうは労災の給付を受けられるし」

わたしの言葉に、所長がうなずいた。

「そうだね。うちで労働基準監督署につなぐか、直接手続きに行ってもらうかしたほうがいい」

それきり、この話は終わった。今、食べながらしゃべるのはよくないとされているし、なにより冷めないうちにいただかないと。

# 3

翌日、わたしの名刺を手に訪ねてきたのは、大柄で、マスクの横から生やした髭《ひげ》が覗く三十代ほどの男性だった。昨日の女性——伊藤愛実《いとうまなみ》さんというそうだ——からはその日のうちに、割り引いたお金を返すついでに、相談したい人が来るという連絡が入っていた。

「熊田龍生《くまだたつお》と言います。すみません、今、店の名刺しかないんです。裏に僕のケータイの番号が書いてあります」

そう言いながらお金の入った封筒と、おばちゃんの食堂こまつ屋という薄緑の紙に印刷された名刺を渡してくる。手も大きくて、握っていた名刺がやけに小さく見える。

「朝倉雛子《あさくらひなこ》です。伊藤さんはその後、病院には行かないままですか？」

まったく平気そうだったたし、電話でもなにも言っていなかったけれど、念のため訊ねた。

「ええ。元気にしてます。足は軽い打ち身だったようだし」

「あの、熊田さんはこちらのお店の店主さんなんですか？　それとも従業員の方ですか？」

店の名刺と言って渡してきたので店主かと思ったが、おばちゃんの食堂という冠は不自然だ。

「従業員です」

「そうですか。配達の途中だったので伊藤さんには詳しく話をしなかったんですが、アルバイトであっても従業員がいる、イコール、事業主……店主の方は労災保険に加入しなくてはいけないんです。みなさんが事故に遭った場合の補償ですから」

「入ってないみたいなんですよね」

しょぼくれた熊のように沈痛な表情で、熊田さんがうつむく。

やはり未加入か。伊藤さんは病院に行くほどでもなかったようだけど、この人は怪我をしたのかもしれない。

「なるほどそうですか。ただそれはよろしくないですね。まずは店主の方に入ってくださいというお願いからはじめて、もしも拒否された場合は監督官庁から加入勧奨という形で――」

「入ってもらいます。まさかそういう手続き関係が抜けているとは思いもよりませんでしたよ。もともと老人ふたりでやってた小さな店ですからね」

熊田さんが悔しそうにしている。

老人ふたり……のどちらかが店主?

「それで、労災に入っていない状態で事故が起きたら、どうしようもないわけですか？」

真剣な顔で、熊田さんが訊ねてくる。

「労働者、つまり従業員のほうは労災の給付を受けられますよ。でも事業主は、そこでかかった保険給付額の何割かの負担があります。費用徴収というんですが、その割合は未加入の状況、たとえば行政機関から指導を受けていたかどうかなどによって変わってきます」

「じゃあ結局のところは、店がお金を出すことになるんですね。割合って、どのぐらいです？」

熊田さんが困った表情で首をひねり、考えこんでいる。どうしてそんなに困ったようすなんだろう。この人は従業員なのでは。

「加入勧奨があったにもかかわらず無視していたのなら十割ですが、具体的な判断をするのは都の労働局長となっています。……あの、熊田さんが怪我をしたんですか？」

「いえ、妻です」

妻？　その人も従業員？　……なんだかこのケース、嫌な予感がする。

「熊田さん、もしかして店主の方って、ご夫婦どちらかのお身内ですか？」

「はい。妻の親です」

「ご一緒にお住まいだったりします？」

「え？　ええ」

ああ、やっぱり。だとするとそもそも労災保険の加入対象者じゃない。

「熊田さん、労災保険というのは労働者のための保険なので、事業主は対象じゃないんですよ」

「事業主？　店主ってことですよね？　いや、僕も妻もまだ使われている立場ですよ」

「事業主とご一緒にお住まいの親族は、利益も生計もひとつにしているため、事業主と同じ地位にあるんです。ただ、親族以外の従業員はいらっしゃるでしょうか。昨日おいでになった伊藤さんはいかがです？　そういった方々と同じ就労実態があれば、ご家族でも労働者となります。指揮命令に従っていることがはっきりしているとか、勤務時間など就労の規則を定めてそれに沿っているとかなんですが。……どうでしょう」

熊田さんがゆっくりと首を横に振った。

「家族以外の働き手は伊藤さんだけです。家族だから仕事時間をきっちり決められてないし、就業規則もない。妻は、店の二代目のおばちゃんになるべく、いろんな仕事をしてます。してました」

残念そうな声を、熊田さんが絞り出す。してました、……ってそこ、過去形で言わないでほしいんですが。今、この人の妻はどうしているんだろう。

「伊藤さんがなんとかなりそうなことを言ってたのでやってきたんだけど、……ならない、ですかね」

「なにがおありでしたか？」

大きな身体を縮めた熊さん……いや熊田さんに上目遣いで見つめられ、わたしは訊ねた。


こまつ屋は熊田さんの妻の両親がほそぼそとやっていた店だという。昼は食堂、夜は常連客が中心の居酒屋で、店の二、三階が住まいになっている。熊田さんの妻——咲良《さくら》さんは大学卒業後、旅行会社に就職、その後、先輩が独立して海外リゾートウェディング専門の旅行代理店を起ちあげたのを機に転職、同僚だった龍生さんと結婚した。

海外リゾートウェディングと聞いて、続く展開が予想できた。表情に出さないよう気をつける。

今年二〇二〇年六月、その会社が業績の急激な悪化で倒産し、夫婦そろって職を失った。就職活動もしたけれどうまくいかず、さまざま考えたり相談したりの末に、妻の両親の店を手伝うことになった。一方、七十代になっていた両親は、身体が弱ったら店を畳もう、あと数年ほど先のことだろう、ひとり娘は継いでくれない、と思っていた……去年までは。ところが春に緊急事態宣言が出て、これを機に店を畳むか、だが予定より早いしと悩んでいたなか、娘夫婦が失職する。いっそ独立したと思って店をやりたい、ゆくゆくは継がせてくれないかと娘夫婦が申し出、両親も受けた。それが九月初めのことだそうだ。テイクアウトで経営を成り立たせている店があることを知っていた龍生さんのアイディアも取りいれ、咲良さんが得意な洋風のメニューも増やした。

「その咲良さんがお怪我を?」

わたしは熊田さん——龍生さんに訊ねた。

「はい。つい先日、揚げ油をひっくりかえして腰から太ももを火傷《やけど》したんです。僕は、そのときいなかったんですが」

ひえ、と悲鳴が出そうになった。想像を超える痛さだろう。わたしはマスクの下で唇を噛《か》み、ゆっくりとうなずいた。

「それは……大変でしたね」

ふう、と龍生さんがため息をついた。

「ええ。今、入院しているんですが皮膚移植が必要かどうかギリギリみたいで、治療費もそれなりにかかりそうです。仕事中の怪我なので、当然、労災保険になると思ってたら、個人商店だからそういうのはないって言われて。僕はずっとサラリーマンだったから、労災保険がないなんて発想がなくてもうびっくりで」

サラリーマンでも、労災隠しで健康保険を使わせる会社はあるんですよー、と説明したかったけれど、今の龍生さんには関係がない。

「国民健康保険には入ってらっしゃるんですよね。会社の健康保険が業務外の怪我にしか使えないのは、業務内の怪我……災害の責任が事業主にあるからです。でも負いきれないものもあるため、労災保険をかけることで補償にしているんです。自営業やフリーランスなどの方が入る国民健康保険は、業務内の怪我でも使えますよ」

「ええ。でも労災保険なら全額保険から出るでしょう？　国民健康保険は三割負担で、休業補償は当然ありませんし……」

つまりは経済的に厳しい、と口には出さなかったがじゅうぶん伝わってきた。肩を落としている龍生さんにどう声をかければいいのか。

とりあえず、今後のためにと訊ねてみる。

「熊田さん、伊藤さんは年間で百日以上働いてますか？」

「百日以上？　数えたことはないけれど、三、四日に一回ってことですよね。なら働いてもらってます」

だとしたら、とりあえずの紹介はできる。

「労災保険には特別加入制度というのがあるんです。年間で百日以上……これが常時働いているという基準なんですが、そういった労働者がいる場合は、同じように働いているほかの人にも特別に任意加入を認めますという、中小事業主用の制度があるんです。

大事なのはその労働者に準じるという部分で、家族従事者と勤務や給与の実態に差をつけないことや事業主の指揮命令に従うことなど、形を整える必要があります。労働基準監督署への申請は代行しますので、一度お考えになってください」

わたしはタブレットを持ってきて、厚労省のサイトから労災保険の特別加入制度のしおりを見せる。

「これに入ったら、妻も労災が使えるってことですか？」

龍生さんがすがるような目で見てくる。

「はい。でも今回の怪我には使えないんです。特別加入の場合は、災害発生後の申請ができないので。この先、同様になにか起きたら、という将来のためのご提案です」

「そうですか。……少し考えます。もしかしたら店主の名前も変わるかもしれないし」

「もう代替わりをなさるんですか？」

「お義父《とう》さんが店主なんですが、働けないんですよね。誰にするべきなのか」

「どういうことでしょう」

龍生さんが大きくため息をついた。

「くも膜下出血をやっちゃって、身体の動きが少し悪いんですよ。最初は僕らも仕事を一緒にやるだけのつもりだったんだけど、介護が必要かもしれないと急遽同居することに。幸い、そこまでではなかったものの、今後どうなるかはわからないし」

またもや表情に出てしまいそうになった。慌てて平静を装う。

「次から次へで、正直、世の中からサンドバッグにされている気分です。もう少し、就職活動を粘るべきだったんですかね。自分たちの見込みの甘さを反省してますよ」

**4**

「なんとかならないものかと思って考えてたんですが、なにもできないんですよね」

夕方、わたしはクライアント先から戻ってきた所長に、こまつ屋の報告をした。所長も難しい顔をしている。

「……そう、だねえ。現状、アルバイトの伊藤さんと、家族従事者である咲良さんという人は、同じ勤務実態じゃないんだよね？」

「お話をうかがう限り、そのようです」

「だったら労働者ではなく事業主と一体と見られるね。店の売り上げで家族が生計を立てているんだろう。個人商店ではよくあるケースだし、それまで家族だけでやっていたなら労災保険の届出が抜けていたのも納得だよ」

「なんか、やりきれないです」

思いのほかしみじみとした声になってしまい、丹羽さんに苦笑された。

「今、辛い目に遭ってる人なんていっぱいいるよ。全員に同情してたら身が持たないし、なによりまだ、そことはクライアント契約してないでしょ」

「それはそうなんですけど」

いつだったかの夜、こまつ屋の近くを歩いていた高齢の男性が、店主だったのかもしれない。龍生さんに名前を聞いたが、小松衛市《こまつえいいち》さんというそうだ。倒れたのが九月の半ば過ぎで、リハビリを経て十一月に退院。年齢の割に予後はよいそうだが身体に多少の麻痺《まひ》が残ってしまった。階段の上り下りにも時間がかかるため、それまで生活していた二階ではなく、店の小上がりにしていた一階の奥の部屋をつぶして、そこで暮らしているという。

代替わりをするのかというわたしの質問に、龍生さんはこう言った。

「お義父さんはもとのように仕事に復帰するつもりでいるので、簡単にはいかないかもしれません。不自由な身体でも空いた皿を回収しようとかしてくるし、正直、時間がかかるだけなんで困ってるんですけどね」

龍生さんは苦々しい表情をしていた。代替わりの話は何度か出ているのかもしれない。

つい考えこんでいると、こほん、と所長が空咳をした。

「じゃあ、遅くなってしまったけれど、さっそくアルバイトの方の保険関係成立届を労基署に出すということで」

労災保険の届出書のことだ。雇って十日以内に出すというのが本来のルールだ。

「はい、明日にも書類を作りにうかがいます」

「特別加入をしたいということになったら、問題ない形に整えるアドバイスをしましょう。お怪我については、我々がなにをしてあげられるものでもないですよ。お弁当を買って売り上げに貢献してあげることぐらいですね」

そうですね、とわたしはうなずいた。

もやもやしてしまうのは、自分が独立した場合どうなるのかという不安もあってのことかもしれない。独立というのは、自分の力だけでやっていくということ。クライアントが確保できるかどうか以外にも、健康リスクや不慮のできごとへの備えも必要になってくる。

そしてタイミング。熊田さん夫婦はそろって失職という憂き目に遭い、新しい仕事もなかなか見つからなかった。だから妻の実家の飲食業を手伝うことにした。ほかに選択肢がなく切羽詰まっていたのかもしれないし、それを決めた九月初めは新型コロナウイルス感染症の患者も減ってきていたし、収束するほうに賭けたのかもしれない。だけど義父の病気に、妻の怪我。病気のほうはどうしようもないけれど、怪我は別の仕事だったら起こらなかったはずのことだ。寒くなってきたせいか感染者もまたじわじわと増えて、十一月二十五日には営業時間の短縮要請も出された。熊田さんは見込みの甘さを反省していると言っていたけれど、それは今になって振り返るからこそだ。

状況を見極めるってむずかしい。未来なんて誰にもわからないけれど、今まで以上にわからない。これから嵐になるのか、それはどれほどの風なのか。


事務所からの帰り道、わたしはこまつ屋のある裏通りに再び立ち寄った。外から店を覗いてみる。

カウンターの内側に女性がひとり。先日もいた白髪頭の人だから、龍生さんの義母だろう。あのとき隣にいた若いほうの女性が咲良さんだったのだろうか。テーブルとテーブルの間を歩いている大柄な男性は龍生さんだ。皿を運んでいる。ふたりとも忙しそうだ。伊藤さんの姿は見えない。

今要請されている営業時間は午後十時までと短い。現在午後七時すぎ、まさにかきいれどきだ。このタイミングで声をかけるのもなと、帰ることにした。大通りへと戻る小道に入って隣の駅を目指す。

目の前の角を曲がれば大通りというあたりに、ニット帽に杖をついて歩く男性がいた。先日の夜の人じゃないだろうか。龍生さんの話から、こまつ屋の小松衛市さんではと思ったその人では。

男性は、先日は足元をたしかめながら歩いていたけれど、今は立ちどまっては上を見あげ、少し歩いてまた立ちどまっては上を見ている。街灯のあかりでも切れているのだろうかと思ったが、これといった異常はないようだ。街灯のその向こうには五階建てのビルがある。オフィス用の雑居ビルだろう、見えている面の窓は暗い。

わたしは小走りで近寄った。斜め前の位置、相手の視界に入るところまで行ってから声をかける。やはり先日の人のようだ。

「こんばんは。今日もリハビリのお散歩ですか？」

「あ？」

はとあの間の音で返事が戻った。

「なんらあんた。そうらがなんの用ら」

「この先まで行かれると大通りで人が多いから、危ないんじゃないかと」

「らいじょうぶら。なれた道ら。ほれ、段差《らんさ》も上がれう」

男性が杖につかまりながら、右足と左足を交互に上げる。左のほうが上がり方が低いものの、気のせいか先日よりふらつきが少ない。リハビリの効果が出ているようだ。と思ったが男性はよろけかける。わたしは腕を伸ばして支えた。今度は睨まれずにすんだ。

「あー、ろうもろうも。こんなとこれ転んらんれは面倒《めんろう》になるらけら」

「そうですよ。どこかに行かれるならお供しましょうか。戻られるのならお連れしますし」

男性がいぶかしげにする。

「なんれ行くと戻《もろ》るがある？　おれを知ってるのか」

指摘されて気がついた。戻るという言葉は、来た場所を知っているから出てくるものだ。

「……すみません。もしかしたらこまつ屋のご主人かと思って」

「お客さんか？　それはこちらこそすいませんれしたな。おれはこんなんなったが、またろうぞいらしてくらさい。味はうちのんに教えてあるし、料理は変わらずうまいから」

男性――小松衛市さんが頭を下げてくる。

お客と誤解されてしまったが、わたしも客には違いないし、そのほうが細かい説明をしなくて済みそうだ。味は教えてある、ということは小松さん自身も料理をするのだろう。おばちゃんの店と冠していたが、夫婦両方で作っていたようだ。

「お弁当でいただきました。とても美味しかったです」

「そうかあ。弁当は娘の旦那《らんな》が考えた。ええ旦那《らんな》ら」

小松さんが目を細めている。

「はい。ところでご主人、なにをご覧になってたんですか？」

「あ？　なにも見てない」

「何度も上のほうをご覧になってましたよ。街灯なのかビルなのか、なにかあるんですか？」

とわたしも、さっき小松さんが見ていたあたりを見上げる。

「あー、……………なんら。カラスら」

「カラス、ですか？」

どこにカラスなんていたんだろう。姿も鳴き声も聞こえなかったけれど。

「カラスがよくゴミを漁るらろう。困るんら。巣があるんじゃないかと思ってな」

「巣……こんな街中に作るんですか」

「おるから作るんらろ。見つけて駆除してもらわんと。リハビリがてら見つけてみるかなと」

「あまり人通りが多い場所だとぶつかられてしまいますよ。最近はストレス発散でわざと他人にぶつかる人もいるそうですし」

「らいじょうぶ、気をつけるから。さ」

小松さんが手を横に振った。さっさと帰ってくれとでも言いたそうなようすで。わたしもこれ以上しつこくするのはためらわれ、一礼をしてから歩きだした。大通りまで出たあと、しばらく待ってようすを見る。

わたしが出てきた小道から、小松さんがゆっくりと現れた。慎重に足を運び、上を見あげ、少し歩き、また別のビルを見あげている。あれは七階建てぐらいだろうか。

カラスの巣、あるのかな。

## 5

数日後、こまつ屋のデリバリーをまた頼んだ。保険関係成立届は出したが、特別加入についての龍生さんからの連絡はないままだ。

「毎度ありがとうございます！」

明るい声の伊藤さんがやってきて、頭を下げた。わたしと目が合うともう一度軽く頭を下げられた。マスクの上、困ったように眉尻が落ちている。

「あたし、龍生さんに中途半端に期待させちゃったみたいで、申し訳なかったです」

咲良さんの怪我のことだろう。

「いいえ、こちらが細かな説明をはしょってしまったせいです。お店のご主人の同居親族は、法律で定める労働者という扱いにならないんですよ」

代金を支払いがてら、わたしも頭を下げる。

「そういうの全然知らなかった。咲良ちゃん、帰ってきてよかったのかどうか」

小さなため息が、伊藤さんから漏れた。

「伊藤さんは長くこまつ屋さんにお勤めなんですか？」

小松さんがひっかかった「戻る」ではないが、「帰る」というのも基準となる場所が定まる言葉だ。

「いいえ、去年からです。あたし、咲良ちゃんとは高校の同級生なんですよ。結婚したら咲良ちゃんちの近所になったので、それもあってお手伝いに」

なるほど。だからお店が困るといった、職場寄りの発想をしたわけだ。

「仕事の内容は咲良さんと同じですか？」

「夏までの仕事はそうだったけど、咲良ちゃんが帰ってきてからは、お店の中よりデリバリーのほうが多いかな。そういう意味では龍生さんと同じかも」

「龍生さんはデリバリー担当ですか」

「ばかりじゃないけど、やろうと決めたのは龍生さんだから。彼は料理してなかったんですよね。今ちょっとずつ覚えてる感じ。なにしろいろいろ……」

とそこで伊藤さんが探るような目になる。どこまでしゃべっていいのか図っているようだ。

「咲良さんの怪我のことも、お店のご主人、小松衛市さんのこともうかがいました。おかげんはいかがですか」

「おじちゃんはリハビリに燃えてます。少しでも早くもとの身体に戻りたいのか、ここのところ特に。正直、危なっかしいくらいですよ」

たしかに数日前の夜も、がんばって歩いていた。

「咲良ちゃんはやっぱり落ち込んでますね。それにしてもなにやってるんだか。揚げ油をひっくりかえすなんて、ふつうやりませんよね。子供じゃないんだから」

言われてみればそうだ。わたし自身は怖いから揚げ物をしないけれど、慎重に扱わなくてはいけないことぐらい知っている。

「揚げ物用の鍋ってどんな形だったんですか？　ハンバーガー屋さんにあるような四角いものじゃ倒れもしませんよね」

「丸い、よくある天ぷら鍋ですよ」

「袖でも引っかけたんでしょうか」

「詳しいことは知らないんですよね。あまり訊くのも悪いし」

それじゃあ、と伊藤さんが保冷保温バッグを肩にかけ、次の配達に向かっていった。

今日の弁当のメインはサバ味噌だ。所長は外出中で、丹羽さんは家で作った弁当を持ってきているので、素子さんにだけ手渡す。

「丸い天ぷら鍋ってどんなのですかね。わたし、こういうのしか知らないんですが」

と、両手で直径二十センチほどの丸を示しながら訊ねた。

「業務用でしょ？　もっと大きいはず」

素子さんは弁当を持っていないほうの腕で身体の前を抱くようにして、倍近い大きさの丸を作った。

「検索してみたら？」

自分のデスクにいた丹羽さんが、スマホを掲げ見せてきた。それはそうだ、とわたしはさっそく「天ぷら鍋　丸型　業務用」とスマホの検索窓に入れる。

思ったよりも浅くて大きな形の鍋が現れた。両手鍋で、直径三十センチどころか四十センチ超えまである。

「わたしがイメージしてたの、もっと底が深くて口が狭まってる感じです。丸くてたぽんとした形をしてるもの」

「それこそ家庭用。さっきのヒナコちゃんの手の感じだと小さいよ。具材を入れるとすぐ油の温度が下がる。鍋が大きいほうが、油の温度が一定に保てるんだよね。もちろん具材も入れやすいし。あと、写真だと浅く見えるのは、口の大きさとの比較の問題じゃないかな」

丹羽さんが言う。

「底よりも口のほうが開いてるのが多いんですね。油の跳ねを防げなそうで怖い」

「だから家庭用、初心者向けは油跳ねガードをつけがちなの。でも業務用、プロとして

いく。

素子さんがそう言いながら、いつものように打ち合わせ用のテーブルに弁当を持っていく。

「慣れたらそういうの平気になるんですかね。咲良さんがこまつ屋で料理をしだしたのが九月の初め、三ヵ月弱ではまだ慣れなかったのかなあ」

わたしはスマホの画像をじっと見つめた。浅く見えるだけのように言われたけれど、画面に出ているものは深さが六・五センチと書かれていた。家庭用と銘打たれているものは一〇センチを超えるサイズもあったので、比較だけでなくじゅうぶん浅い。入れる油の量にもよるけれど、地震でも起きたら飛びだしてきそうだ。

こまつ屋で使っている鍋がどのくらいの深さかはわからない。でも検索で出てきたラインナップを見るに、両手鍋なんだろう。持ち手のところも熱が伝わるだろうから、素手では触れなさそう。

どういうシチュエーションなら鍋をひっくりかえせるのか、わたしはしばらくスマホを睨んでいた。答えはまだ出ない。

## 6

終業時間になり、丹羽さんが先に帰った。事務所に戻ってきた所長と素子さんとともに残務処理をしていると、わたしのスマホが鳴った。丹羽さんだ。

「どうしたんですか？　忘れ物でも？」

わたしの声が、少しだけにやけてしまった。しっかりものの丹羽さんだが、以前、財布を忘れたことがあったのだ。

「違う違う。こまつ屋のある通りから帰ってたんだけど、ちょっと騒ぎになってて」

丹羽さんが不安そうに言う。

「騒ぎ、ですか？」

「近所の人が集まってて、なにかと思って訊いたら、ご主人がいなくなったって。ご主人ってこの間来た大きな人じゃなくて、義理のお父さんのことだよね。病気をしたという」

「え？　そうです。ニット帽に杖を持った人」

わたしは驚いて声が高くなった。

「ヒナコちゃん、その人と会ったことあるの？」

不思議そうな声で丹羽さんが訊ねてくる。

「見かけたんです。リハビリだって言って歩いてるところを。少しだけどお話もしました。向こうはわたしのこと、単にお店の客だと思ってたみたいですが」

「そうか。……行きそうなとこなんて、知らないよね」

「はい。お弁当、美味しかったですよと、人通りが多いところは危ないですよと、そのぐらいしか話していないです」

「そりゃそうだよね。……いや、あたしも集まってる人に声をかけた以上は、ヒナコちゃんにも訊いてみようと思って電話しただけなんだけど。ごめん、あたしは顔もわからないし、帰るわ。一応報告まで」

丹羽さんからの電話が切れた。

所長と素子さんが、眉をひそめながらこちらを見てくる。

「こまつ屋のご主人、先日相談にいらした方のお義父さん、いなくなったみたいなんです」

「どういうこと？」

と素子さん。

「わたしにもそれ以上はわからなくて……」

「怪我をした娘さんが入院している病院に行ってるだけじゃないんですか」

所長が訊ねるともなく訊ねてくるが、すぐさま素子さんに否定された。

「一番に確認してるんじゃないかしら。どこかで倒れているんじゃないの？　みなさんそれを心配してるんじゃ」

「はい。よろけて転んだ拍子に頭を打ったら大変です。また脳出血が起こったり、どこかが詰まったりってありえますよね」

わたしがそう言うと、所長と素子さんが顔を見合わせた。

「急ぎの仕事はないよね。朝倉さんも捜しにいってきていいんだよ」

所長が言う。

「少し迷ってます。ちょっとお話ししただけだし、かえってお邪魔じゃないかとか」

「なに言ってるの、朝倉さんが」

「迷うより行動、でしょう?」

所長、素子さんと続けて後押しをされた。

たしかにそうだ、とデスクの書類を丸ごと引き出しに入れ、事務所を飛びだした。仕事とは関係ないけれど、あんなふうに杖を頼りに歩いている人を放ってはおけない。

リハビリ代わりにと歩きすぎたんだろうか。だけどあんなゆっくりした歩き方で、すぐに見つからないほど遠くまで行くものかな。どこか目的地があって、そこを目指しているとか。

最初に会ったときは、足元を見て歩いていた。先日は、たびたび上を見ていた。カラスの巣がないか探していると言って。

あのあとちょっと気になったからネットで調べてみたら、環境省による「自治体担当者のためのカラス対策マニュアル」というタイトルのパンフレットを見つけてしまった。

カラスはもともと森林が生息地らしいが、餌が豊富なこともあり、都会にも多くいる。

都会のカラスは餌の豊富な街中近くで巣を作って雛を育てるけれど、夜過ごす場所はそこではなく、ねぐらだそうだ。ねぐらにしているのは公園や神社などの緑地の樹木で、十キロ程度は移動することもできるとか。巣作りの場所も主には樹木だが、ビルの広告塔や貯水タンクの下、電柱の変圧器の下などの例もあるという。ただ、卵を産んで雛が巣立つのは春から夏。時期が違う。冬の時期のカラスの行動としては、日中なわばりに餌を探しにいき、夕方に一団となってねぐらに戻っていくのだとか。

つまり今、ビルの上には、カラスのいる巣はない。

単に知らなかっただけ、朝や昼に姿を見かけるから、その近くにあると思っていただけとも考えられるけれど、鳴き声もしなかったのに、なぜカラスの巣を探していると？適当に思いついた言い訳だったんじゃないだろうか。

だいたいあんなふうに下から見て、ビルにある巣がわかるものだろうか。こまつ屋のある奥の通りから人の多い大通りまでやってきていたけれど、建物が高くなればそれだけ上のほうは見えづらくなるのだし。

……建物が高くなる？

事務所を出たばかりのわたしは、大通りの歩道で立ちどまった。

周囲のビルを眺めてみる。壁と窓ばかりをこちらに見せているビルが多いが、なかには外階段を持つビルもある。

そばまで近寄ってみた。外階段の地上側の出口に扉がついていて、内側からしか出られないようになっている。侵入防止のためだろうから正しい構造だ。

でも外から入れるビルもあるんじゃないだろうか。たとえば複数の飲食店が入るビルで、階段を備えたタイプとか。

まさか、と頭に浮かんだ思いを否定した。

けれどどんどんと不安になってくる。どうして上を見ていたのか。リハビリに燃えているのは、少しでも早くもとの身体に戻りたいからなのか。

わたしはスマホを取りだし、事務所に電話をかけた。龍生さんから渡された名刺の裏に書かれた、彼の電話番号を教えてもらう。続けてそこに電話をかける。

「熊田さん、お忙しいときにすみません。朝倉です」

激しい息遣いが聞こえてきた。走っているのかもしれない。息と声が一緒にやってくる。

「すみません、どうもあの、ちょっと、いま、バタついていて。落ち着いてから折り返しますので」

「そのことです！」

切られる前にと、わたしは大声を出した。

「お義父さまの、小松衛市さんの件です！　いらっしゃらなくなったんですよね？」

「え？　あ、なんでそれを」

「うちのスタッフがお店の前を通りかかったらご近所の方が集まっていて、聞いたそうです。いきなりですが、近くに外階段のあるビルはありませんか？　外の人間が立ち入れるビル、雑居ビルや飲食店の入るビル」

「……それ、どういう意味で」

不安そうな声が受話口から聞こえた。

「お店の近くで、小松さんをお見かけしたことがあります。二度。一度目は足元を見て歩いてましたが、二度目はしきりと上を、ビルを見ていました。探していたんじゃないでしょうか」

身を投げられる場所を、という言葉は言えなかった。

だが伝わったのだろう、龍生さんが息を呑んでいる。

「階段、上るのは辛いはずだから……」

「でも上れないわけじゃないですよね。お見かけした数日前も、段差を上れるとおっしゃってました。それにエレベーターで上がって外階段に出る構造のビルもあるんじゃないでしょうか」

「捜します。そんなに遠くには行ってないはずだ」

## 7

二十分ほどののち、小松さんは見つかった。外階段のあるビルを中心に捜していたところ、階段をゆっくりゆっくりと上っていたという。

捜すのを手伝っていたなりゆきで、わたしは伊藤さんとともにこまつ屋の店内にいた。こまつ屋のおばちゃんこと小松さんの妻の重子《しげこ》さんは、一度は確認したものの娘の病院ではないか、入院している病棟は外への非常階段があった、階段を上らずともエレベーターが使える、最後にと顔を見たがるかも、とそちらに出向いている。

小松さん——衛市さんを抱きかかえるようにしながら大きな身体の龍生さんが戻ってくる。伊藤さんが寄っていった。龍生さんがわたしを見て頭を下げてくる。わたしも会釈をした。

「見つかってよかったです。それではわたしは失礼しま——」

「どうして自殺なんてしようとしたんですか!」

龍生さんが強い口調で言った。

「……誤解ら。おれはあのビルにあるメシ屋に入りたくて」

衛市さんは、か細い声を出す。

「どのお店ですか！　あちらにあるのはお酒を出す店だから閉まってるところも多いし、なにより飲めないでしょ。お身体のせいですか？　そりゃあ、まったくの元通りにはならないかもしれないけど、かなり回復してるじゃないですか」

「そうですよ。すっごくがんばってリハビリなさってたのに」

伊藤さんの声は泣きそうだ。

「誤解らと言ってる。疲れた。寝る」

衛市さんが、身体をゆらしながら店の通路を奥へと進んでいく。支えようとする龍生さんをふりほどいたとたんによろけ、テーブルに腰をぶつけている。

「意地を張らずに身体を預けてくださいよ」

「いい」

衛市さんは龍生さんの言葉に振り向かず、奥の襖《ふすま》を開けた。そこが以前は小上がりだった場所なのだろう。置かれたベッドがかいま見える。襖はすぐに閉じられた。

龍生さんがため息をつき、カウンターの内側の厨房へと向かった。龍生さんの身体が大きいせいもあり、ずいぶん狭く感じられる。いや実際、調理器具などいろいろと置かれて狭いようだ。

コップに水を入れた龍生さんが、マスクをずらして一気に飲み干した。ぽつりと言う。

「やっぱり見込み、甘かったのかなあ」

ああ、そういうことだったのか。

ふいと、龍生さんと目が合った。困ったように眉尻を垂らしている。

「すみません、自分だけ飲んで。お茶かなにか……」

「いいえ。もう失礼しますので」

わたしは肩の鞄《かばん》をかけ直した。

「そうですか。今日は本当にお世話になりました」

厨房の内から、龍生さんがもう一度頭を下げてくる。落ちこんだ態、そのものだ。

「あたし、おばちゃんが戻るまではいます」

心配そうに襖を見ながら、伊藤さんが言う。

わたしは一礼をして、店をあとにした。大通りまで出てから、深くゆっくりとため息をつく。

わかったからって、どうすればいいんだろう。


翌日、朝からため息をついていたら、丹羽さんに睨まれた。

「ねえそれ、何度目？　どうしたの、って訊いてほしいわけ？」

「すみません、そうじゃなくて、……ふう、どうしたらいいかわからないだけです」

パン、と軽くデスクを叩かれた。

「あー、うっとうしい。昨夜の件？　こまつ屋のご主人、無事に見つかったって言ってたじゃない」

「はい、それはよかったんだけど、また同じことをなさるかもしれません」

「将来を悲観して？　身体のことも商売のことも先が見えないだろうけどさあ」

わたしは首を横に振った。

「理由、それじゃないと思うんです。もちろん、お身体やお仕事のこともあるんでしょうけど」

ん？　と丹羽さんが眉をひそめる。

「ただそれを彼らに伝えていいものかと。伝えて誰かが幸せになるなら伝えるけれど、熊田さん……龍生さんはショックかもしれないし、お店がどうなるかわからないし」

「どうなるかわからないって、潰れるかもしれないとか？」

「いえ、なんていうか……」

わたしはどう説明したらいいんだろうと頭をひねる。

「あたしにはよくわからないけど、もっとシンプルに考えたら？　誰かが死んだりしないこと。それ以上の幸せはないと思うけどね」

丹羽さんが腕を組み、言いきった。

たしかにそのとおりだ。

昼に行くか、昼と夜の間の時間に行くか、また誰に話すかをさんざん考え、結局夜になってしまった。

七時過ぎ、こまつ屋の営業時間だ。でもそのほうが都合がいい。

こんばんは、と店に入ると、テーブル席はいっぱいで、カウンター席もほぼ埋まっていた。けっこうお客は入っているのだ。今のこの自粛の状況が終われば、繁盛するに違いない。龍生さん夫婦があとを継ごうと思ったのは、だからこそだろう。

「昨日はどうもありがとうございました。お義母《かあ》さん、あのこちら朝倉さん……」

カウンターの内側で食器を洗っていた龍生さんが、フライパンに屈みこむようにしている白髪の女性に声をかける。昨夜は会えなかったけれど、重子さんだ。

ああ、と顔を上げた重子さんに、わたしは頭を下げる。

「お忙しいときにすみません。実は食事に来たんじゃないんです。小松衛市さん、いらっしゃいますか？　少しお話があって」

不審そうに、龍生さんと重子さんが目を合わせた。

昨日の今日だから、外出は止められているだろう。病院も診療時間外だ。だから家にいるはず。

「奥におりますが……、なにを訊いても、うるさいとわかったしか言いませんよ」

龍生さんが答えた。重子さんは不審に加えて、不安も入り混じった表情だ。

「ご迷惑かと思いますが、お話をさせてください」

「……どうぞ。襖、開きますから」

重子さんがぼそりと言った。わたしは再度頭を下げ、奥へと進む。

背中に視線を感じていた。常連客が多いという話だった。昨夜のことを知っている近所の人もいるかもしれない。身を縮めながら、襖へと声をかける。

「すみません、わたし、昨日の……以前も道でお会いしたものです。朝倉といいます」

返事はない。

「失礼します。開けますね」

薄く襖を開けると、衛市さんはベッドに座っていた。左手を開いたり閉じたりしている。リハビリの一種なんだろう、その動きはややぎこちないように感じた。

わたしは上がりこみ、襖を閉じた。

「小松さん。リハビリをがんばっていたのって、階段を上ったり、手すりから身を乗りだしたりできるようになりたかったからですか？」

声を小さくしてそう言うと、衛市さんが怖い目で睨んできた。

「誤解ら」

衛市さんの声も小さい。

「そうですか。だったらいいんです。もう同じことは起きませんよね」

「なんなんらあんたは。お客さんは大事《らいじ》らが、そこまれ踏みこんれほしくない。なれなれしすぎると思わんか」

申し訳ありません、とわたしは頭を下げた。

「こまつ屋さんのお弁当を楽しませていただいているんですが、こちらにおうかがいしたきっかけはデリバリーでいらした伊藤さんの怪我に気づいたからです。アルバイトでも労働者を雇えば、労働基準監督署に届を出さなくてはいけないと、そういうお話を熊田さん……熊田龍生さんにしたんです。店主は小松さんですよね。聞いていらっしゃいますか？」

「あんた、役所から来たのか？」

「いえ違います。社会保険労務士といって労働関係の役所への手続きやアドバイザーなどをしています。それでそのとき、咲良さんのお話をうかがったんです。足のあたりに火傷をなさったと。うかがったかぎり、そちらのケースでは労災保険の対象にはならないんですが」

衛市さんの表情が曇る。

「龍生さんのお話では天ぷら鍋をひっくりかえしたとのこと。単独の事故のようにうかがいましたが、きっかけを作ったのは小松さんじゃないですか？」

わたしは衛市さんを見つめた。

「……なんらそれは」

「小松さんは早く元のように働きたくて、食べ終わったお皿の回収をなさっていたとか。そのことも龍生さんに聞きました。厨房にも入っていたのではないですか？　失礼ながら厨房は狭いようすです。そんななかで揚げ物をしていた咲良さんとの間になにかがあった。たとえばぶつかるなど。ちょうどその場には、おふたりしかいなかった」

衛市さんがあからさまに目を逸らした。

「知らん。知らん知らん。もしそうなら咲良が黙《だま》ってる理由がないらろ」

「いいえあります。龍生さんに知られたくないという理由が」

わたしの言葉に、衛市さんが不安げな目を向けてくる。

「龍生さんはお店に入ったことを、少し後悔なさっているようすです。見込みが甘かったのではないかとこぼされました。その見込みが商売の先行きを指すのかほかにもあるのかはわかりません。でも咲良さんの事故の原因が小松さんにあると知ったら、一層その思いは強くなるでしょう。小松さんを恨んでしまうかもしれない。お店から手を引くと言いだすかもしれない。だから本当の原因は隠しておきたい。小松さんも黙っていてほしい。……とそんなふうに、咲良さんからお願いされたんじゃないですか？」

衛市さんの目が潤みながら揺れている。

「でも小松さんは小松さんで、その嘘が辛いんですよね。咲良さんに怪我をさせてやりきれない気持ちなんですよね。だから飛び降りる場所を探していた。償いだと思ったのかもしれません。でもそんなの償いじゃ——」

「黙《らま》れ」

大きな声を出した衛市さんが、焦ったようにわたしの背後に視線を向けた。わたしも振り向く。襖は閉じられたままだ。気配を窺いながらふたりで黙っていると、注文を復唱する龍生さんの声が離れて聞こえた。聞かれていない、と思う。

「あんたにはわからない。賢《さか》しらなことを言うな。娘らぞ。……娘ら。それなのにおれが…………。咲良が黙《らま》っていろと言うなら、そのほうがいいと言うなら、おれは受けいれるらけら。らけろちゃんと治してやらないと。役立たずになったおれにれきるのはそれしかないらろう」

衛市さんが恨みの篭もった目で睨んでくる。

「生命保険、ということですか？」

衛市さんは黙ったままだ。

「そんなふうにして遺されたお金を、使えるものでしょうか」

「金は金ら。あればろんな金れも使う。あんたの仕事はよう知らんが、そうやってスーツを着ている人間にわかるものか。いいから黙《だま》ってろ」

「また、同じことをなさるつもりですか？」

「関係ないらろ」

衛市さんが横を向く。不自由そうなようすで、手の甲を向けて払った。もう出ていけと、聞く耳は持たないと言っている。

「小松さん、でもあなたが死んだら、ふたりでついた嘘を咲良さんおひとりで背負うことになりますよ」

「あ？」

「ほかの方はあなたが将来を悲観して亡くなったと思うかもしれません。でも咲良さんだけは本当の理由がわかりますよね。小松さんは嘘をつき続けるのが辛くなったのだと、咲良さんのためにお金を遺そうとしたのだと、悟ってしまいます。そしてそのことも、嘘をついていたことも、誰にも言えなくなります。咲良さんを苦しめてしまいます」

衛市さんが再び黙ってしまった。横を向いたままずっと一点を見つめ、まったく身体を動かさない。

襖の向こうからざわめきが聞こえる。小さいが、笑い声もしていた。

ふう、と衛市さんがため息をつく。

「……ろうしろと。正直に言えとれも。咲良にはなんろも言った。おれを悪者にしたくない気持ちも、店のためを思う気持ちも嬉しいが、旦那《らんな》に嘘をついたままれはあとれ辛くなると」

本当のことを伝えるべきか伝えないほうがいいのか。どちらがいいのかわからない。でもそれは。

「言うか言わないかは、もう一度、咲良さんとおふたりで話し合って決めればいいと思います。わたしから龍生さんに伝えたりはしません」

衛市さんがゆっくりとこちらを向く。わたしはその目を見つめた。

「約束します。……小松さんが、昨夜と同じことをなさらないならば」

脅してるかな、と少し思った。料理をしていなかった龍生さんはともかく、重子さんのほうは薄々感づいているかもしれないからだ。咲良さんだけが背負う嘘ではないのかも。

それでも衛市さんになにかがあったら、咲良さんが深く傷つくことには違いない。

ざわめきが、襖の向こうからまた聞こえてきた。香ばしいにおいも、マスクを越えてやってくる。穏やかな笑い声とともに。

## 8

「そういえば、こまつ屋さんの特別加入の話はどうなったんですかね。その後聞きませんが」

あれから一週間、思いだしたように所長が訊ねてきた。

すみません、とわたしは頭を下げる。

「流れました。労働者と同じ勤務実態というところが難しくて。アルバイトの伊藤さんも最低賃金ギリギリなのに、同じだけのものを出せるほどの利益がないようです。龍生さんには、将来的にはそうしたいと言われましたが」

「そうか。店主もその妻も七十代だったっけ。売り上げの不足分を年金で補っているのかもしれないね」

わたしは所長の言葉にうなずいた。

高齢者のやっている商店には、売り上げマイナス経費イコール利益、という単純な形ではなく、年金分をプラスすることでなんとか利益を保てているところがあるという。そのため代替わりをしようにも、年金分がないためそれまでのようにはやっていけなくなる。店主が引退するタイミングで閉店する理由のひとつにもなっているそうだ。

「前途は多難のようです。でも咲良さんも年内には退院できるそうですし、働き手は増えます」

わたしの言葉に丹羽さんが苦笑している。

「客が増えないとどうしようもないけど。で、その子は元気なの？」

「カラ元気かもしれないって龍生さんは言ってましたが、明るくなさっているようです。皮膚移植まではいかないようですが、痕は残るらしくて」

衛市さんと咲良さんの嘘は、つきとおすことにしたそうだ。あとで衛市さんから聞いた話によると、彼が厨房でつまずき手をついた拍子に、作業台に置かれた皿を弾いてしまい、揚げ油に水が入ったのだという。一八〇度ほどに熱せられた油に入った水は、一瞬で気化し、液体から気体になることで体積が急激に膨らむ。それによって、水と接する部分の油が爆発するように弾け飛んでしまう。咲良さんはすぐに身を引いてかわしたが間に合わず、腰から太ももに油をかぶってしまったとのことだった。

想像するだに恐ろしいし、目の前でそのようすを見てしまった衛市さんはさぞショックだっただろう。思いつめる気持ちはわからなくもない。

と、この話は所長や丹羽さんたちには言っていない。これからも言わない。それが衛市さんとの約束だからだ。もちろん衛市さんにも、約束を守ってもらう。

「そういえば咲良さんをリーダーに新たなメニュー開発に取り組むとのことで、もっと頻繁に注文してくれと頼まれました。お店にも食べにきてくださいと」

「えー。お店で食べるのは、まだちょっとためらうなあ」

丹羽さんが肩をすくめている。

「じゃあお弁当で。おせち料理の注文も受けてるそうですよ」

「お弁当はともかくおせちは大歓迎。バタバタしてて注文をすっかり忘れてたのよね。詳しく聞いてみないと」

丹羽さんの表情がいきなり変わった。目が輝いている。

「お弁当とおせちって、そんなに違いますか？　丹羽さん、ほぼ毎日お弁当を持ってきてますよね」

「全然違う。品目が多いし手間がまったく違うって。作ったことのない人は生半可なことを言わないように」

すみません、とわたしはおとなしく頭を下げた。

「早くみんなで食事が楽しめる日が来るといいですね。そうなったら忘年会も行いますよ」

所長が笑顔で言う。

「忘年会じゃ、あったとしても一年後じゃないですか」

「まさに忘れちゃうって」

丹羽さんとふたりで所長につっこんだ。そんなに長くは待ちたくないものだ。……どうなるかはわからないけれど。

そう、まったくわからない。未来なんて誰にも予想できない。でも早く嵐が過ぎ去って、凪《なぎ》が訪れるといい。年が変わるとともに事態が好転しているといい。みんながそう願っている。

# 副業はユーチューバー

# 1

カラフルなペンの軸に交じって、リップグロスが一本、立てられるペンケースの中に入っていた。

荻窪《おぎくぼ》さん、化粧ポーチと間違えて入れたのだろうか。書類から服装からいつもきっちりと整っている人なのに、珍しい。

会議室の向かいの席に着くその荻窪さん——人事の実務を担当している荻窪里香《りか》さんが、小さな声で笑った。

「これ、なんだと思います?」

わたしの視線に気づいていたようだ。リップグロスをケースから抜き取り、目の前に掲げてくる。彼女と間を空けて隣に座る古島《こじま》人事部長も、ああ、と笑い半分のつぶやきを発した。

「……リップグロス、ですよね」

細長い直方体。材質はプラスティックのようだが、黒と金、そして落ち着いたピンク色の取りあわせに高級感がある。

「いえ。スティックのりです」

荻窪さんはキャップの部分を持って、すぽんと上に抜いた。キャップの先についていると思った棒とチップはなく、本体の頭の部分から白いものが覗いていた。

「へええ、すごい。相変わらず御社はかわいい文具を作りますね」

「かわいいだけじゃないんですよ。スティックが四角だから隅まできっちり塗れるんです。丸より使いやすいという声もあります」

「細さもポイントで、余分なところに付かない。細かな作業に向くという利点も持っています。この商品はかわいいよりおしゃれなほうにベクトルを向けていましてね」

古島部長も説明を加える。

ここは大洋堂《たいようどう》文具、六十年ほど続く社員数二百名弱の中堅文房具メーカーだ。世に一定数いる文房具マニアからは、ファンシー文具やアイディア商品に強いという定評を得ている。今日はリモートワークに関する新たな相談をと乞われ、わたし、朝倉雛子《あさくらひなこ》は会社に直接お邪魔することになった。リモートでもいいような気もしたけれど、こういったユニークな文具を見せてもらえるのはマニアでなくても楽しい。おもちゃ箱を覗いているような気分になる。

「その立てられるペンケースも大洋堂さんの商品でしたよね」

「ええ。ペン立てみたいに使えて便利でしょう。ほかの文房具メーカーも出していますが、うちのが一番使いやすいと自負しています」

自慢げな荻窪さんに、古島部長もうなずく。

「各社それぞれが工夫を凝らしてアイディア合戦なんですよね。文房具が求める究極の形を提供していかないと、百円で売られているものにすぐ取って代わられてしまう」

文房具が求める究極の形、か。

なるほど。かわいいマスキングテープもフセンも、百円均一ショップで買える。多少、糊《のり》が弱かったり強すぎたりするけれど、なぜこれが百円で手に入るのだろうと不思議なほどだ。

「おっと、前置きが長くなってしまいました。わざわざお越しいただいたのにすみません。お話のまえに、まずはこちらを見てもらえますか」

古島部長が目を向けると、荻窪さんがレジメをすっと出した。残業時間の前年同月比のグラフだ。それが数ヵ月分、所属部ごとにまとめられている。前年、といっても年をまたいだばかりなので実質前々年は通常の勤務で、比較するのはコロナ禍によりリモートワークを導入したあとになる。

「リモートワーク導入の際に、やまだ社労士事務所さんに相談しましたよね。そのとき紹介された厚労省のポータルサイトも参考にして、リモート……あのサイトはテレワークという表現だったけれど、先行する企業さんの工夫なども載っていたので、うちなりにルールを決めました」

古島部長が両手を組みながら言う。

「社内ネットワークへのログインログアウトを、タイムカード代わりにしたんですよね」

わたしも記憶を辿りがてら、確認する。就いている仕事にもよるが、大洋堂文具の今の出社率は六十パーセントほどとのことだ。ざっくり、週に二日の在宅勤務となる。

「ええ。残業申請は上司にメールなどで確認、中抜けするときも同様にして、時間有休を使うか後ろ倒しで仕事をするか状況に合わせて選択、とそれなりに慣れていったものの、人によってかなり残業時間の差がついてしまって」

「差、ですか」

そうなんです、と古島部長がうなずく。

「導入前と同じパフォーマンスで仕事をしている人と、残業が増えた人と。仕事量は以前と変わらないはずだけど、リモートワークそのものに向いていない人かもしれない。

いや本当にあれは、面倒でたまりませんよ」

最後のひとことに実感が籠もっていた。古島部長の本音だろう。

「手間はかかりますよね。オンライン会議はどうしてももたつくし、口頭で済んでいた報告も、メールやチャットなどを通すことになりますし」

わたしは相槌を打つ。どこの会社からも似たような意見が出てきていた。

「ビジネスチャットツールなどで全員が全体の進捗を見られるため、スムーズになったという意見もあるんですよ。でも一方でそれがストレスだという声もあり、難しいですね」

荻窪さんも小さなため息をつく。見せられたレジメの最後に、それらの声が載っていた。彼女がまとめたようだ。

「なんとか残業を減らしたいんだけど、いい施策がなくてねえ」

そう言って、古島部長がわたしを見てくる。

「まずはノー残業デーのように、時間を切って強制的に終わらせるのがいいと思うのですが」

とアドバイスをすると、古島部長も、わかっているけれど、と肩をすくめた。

「ただ、自宅だと家族がいて集中できない、仕事のオンタイムが重なってしまうという声がけっこう上がってましてね。まさに私がそれ。妻と娘の三人のオンライン会議がバッティングしたことがあって、大変でした。娘は大学のリモート講義だけど」

苦笑しながら、私が廊下に追い出されちゃいましたよ、とおどけていた。

「荻窪さん、きみも家で仕事をするの、大変だよね。お子さん、小学生だっけ」

「四年生と中学一年生です」

「お兄ちゃん、もう中学生になってたか。……あれ？　そういえば荻窪さん、リモートのときの残業がほとんどないよね。夏休みの時期も、うん、なかったみたいだ」

人事部のデータを見ながら、古島部長が感嘆の声を上げる。

「息子がしっかりしてるおかげです。ごはんも作ってくれるんですよ。ほらうち、夫が単身赴任でしょ。おまえが一家を支えるんだって、夫がテレビ通話のたびに洗脳してて」

荻窪さん、アラサーで既婚とはわかっていたが、それは知らなかった。この時期に単身赴任なら、今までのようには行き来できていないはず。さぞ大変だろう。

「ごはんは作ってもらえるにしても、荻窪さんひとりで家のことをなさるんですよね。どういう工夫をされているんですか。リモートワークに馴染めた人の声を共有するのもひとつの方法ですよ」

「ただ集中する。それだけです。工夫なんてないですよ」

「夏休みも？」

古島部長が訊ねる。

「はい。キツくはありますけど、就業時間内に終わらせないと自分の首が絞まると思えば集中します。だから私は朝倉先生の言うように残業時間を制限するか、許可を出す上長がしっかりコントロールするのがいいと考えます。その把握能力込みでの管理職ですよ」

荻窪さん、自分を律するタイプの人だと思っていたけれど、やっぱりそうなんだ。それだけになかなか厳しいことを言う。ただ全員が全員、彼女のようにはできないものだ。

古島部長も、いやあ、と首のうしろを搔いた。

「そうは言ってもリモートで管理職の負担も増えてるしねえ。今までやっていなかった段取りや仕込みが必要なうえに、これついでにやっておいて、って部下に振れないしさ」

そう愚痴る古島部長を、荻窪さんが呆れたようにちらりとすがめた。ふたりの関係がわかる構図だ。

荻窪さんは気働きも得意なのだろう。さっきもわたしの視線だけでなにを考えているか当ててしまったし、古島部長の動きも察している。古島部長、ほいほいと他人に仕事を振るタイプだと感じていたが、読み通りだ。荻窪さんも荻窪さんで、文句を言うよりやったほうが早いと思っていそうだ。

なんてことを考えていると、古島部長が咳ばらいをした。

「というわけで朝倉先生、どう思いますか、これ」

古島部長が手元のノートパソコンを見せてくる。液晶画面に映るのは、どこかの企業のサイトだ。

「ログ管理ツールといって、リモートワーク中の社員のようすを確認できるシステムなんですよ。サービス内容は料金によってグレードアップしていくんだけど、該当のパソコンがどのアプリケーションソフトを動かしているかわかったり、ランダムに画面のスクリーンショットを撮ったりするそうで。いつどんな仕事をしているか、正確な記録が取れる」

「つまり監視システムです」

荻窪さんの口調がそっけなかった。表情から見ても、彼女が乗り気でないことが伝わってくる。古島部長のほうはというと身を乗りだし、目を輝かせている。どうやらこれが今日の本題だったようだ。

「似たようなものはほかにもあって、どのシステムがいいか探しているところでしてね。朝倉先生、導入した会社をどこか知ってます？　効果や反応などを知りたくて。お勧めがあればそれも」

古島部長はブラウザのタブを切り替えて、別会社のシステムを見せてくる。パソコンの使用したソフトがグラフ化されるので、どの仕事を何時間しているのか一目瞭然、などといった紹介文が見えた。

「そういったシステムの話は聞いたことがありますが、実際に導入したクライアントさんの話はうかがってなくて……。お役に立てずにすみません」

　わたしは頭を下げる。

「導入する会社が増えてるって聞いたんだけどねえ」

　古島部長が残念そうに言う。いやそれ、システム会社の営業トークなのでは、と思ったけれど、そのぐらいは古島部長も承知の上だろう。

「システムの料金は、残業分の人件費に見合うほどなんですか？」

「どこまでのサービスを求めるか次第だけど、ひとりひとりの働きが見えないという不安が上にはあるんですよね。仕事が終わらず残業になっているのか、だらだら仕事をしてるのか、在宅じゃわからないでしょ。評価もしづらい。社員からも、サボって残業代をもらってる人がいるなら平等ではない、という不満の出る可能性があるし」

「残業の少ない人の評価を高くする、という会社もありますよ。それはリモートワークを求められる以前からですが」

　わたしの言葉に、そうだねえ、と古島部長があいまいにうなずく。

　でも、と荻窪さんは生真面目そうなようすで眉をひそめた。

「やっぱり私、社員からの反発を恐れてしまいます。オンライン会議でさえ、生活を覗かれているようで嫌という声があるぐらいなので」

「目に見えたほうがクリアですがすがしいと思うけどなあ。ノートパソコンの内蔵カメラで本人を映すっていうなら、まずいだろうけれど」

古島部長は首をひねっている。

「導入なさるなら反発は生むでしょうね。パソコンの画面を後ろから覗かれているようなものですから。自分たちを信頼していないのかと社員に感じさせる、その心理的な負担も込みでお考えになったほうがよいかと存じます」

まだトップ層と人事部とで相談中の案件らしい。慎重に進めたほうがいいとアドバイスをし、山田《やまだ》所長にも導入している会社を知らないか確認してみると約束した。

2

やまだ社労士事務所に戻って、大洋堂文具の相談内容について所長に報告した。島になったデスクの一角で聞いていた丹羽《にわ》さんが、うええ、と拒否反応を示している。

「そういうシステムを導入した会社をご存じないですか?」

「クラウドによる勤怠管理システムの導入なら聞いているけれど、そこまでのものはまだだね。ただこの先、リモートワークが中心になるなら出てくるだろうね」

　わたしの問いに、所長が肩をすくめる。

「そんなシステム入れたら、パソコンを遠隔操作されて見てほしくないファイルまで見られそう」

　丹羽さんはあからさまに顔を歪めていた。

「大洋堂さんもそうだけど、たいていは会社が貸与するノートパソコンで仕事をするので、見てほしくないファイルを入れるのはアウトですよ」

「社員がサボっていないか不安という気持ちはわかるよ。ただ上司が部下の仕事を把握できていれば、成果で判断できそうなものだがね。理想論かねえ」

　所長の言葉に、はい、とうなずく。

「嫌なシステムだとは思うんですが、大洋堂さんが導入すると判断なさるなら、従業員の方の反発を少なくする策を考えるしかないですよね」

「策もなにも、どう説明したって嫌な気持ちになるでしょ。仕事には考える時間だって必要じゃない。このメールはコピペできるから三分、こっちのメールは気を遣う必要があるので十五分、ってこともあるだろうし。それ、サボってるわけじゃないでしょ」

　丹羽さんのマスクの下の口元は、への字になっているだろう。想像がつく。

　そのあと素子《もとこ》さんが戻ってきたので同じ質問をしたが、導入した会社は知らないという。

「ガラス張りになってる仕事か。そういうのもあながち悪くないかもねえ」

素子さん、眉尻が力なく下がっている。ふたりとは違う意見が返ってきて、わたしは少し驚いた。

「素子さんは賛成なんですか？」

「程度問題ね。画面のスクリーンショットまでは嫌かしら。……実は、ガラス張りじゃなかったせいで厄介になった案件を引き受けざるを得なくなって、ちょっと複雑なところなのよね」

税理士を世話してくれという要請が知人ルートからあり、頼みこまれたのだ、と素子さんは小さなため息をついた。そのまま黙ってしまったので、詳しい話は聞けないでいる。


大洋堂文具には、導入事例を持っていませんでしたと報告をした。古島部長が管理職に打診したところ賛成半分反対半分で、まだ足踏み状態だという。とりあえず残業時間の制限をかけてようすをみることになり、一ヵ月弱が過ぎた。

今年の冬は、例年より温暖なようだ。仕事のほうもお手柔らかに、と思っていたその日、大洋堂文具から再び相談の電話が入った。

連絡はいつも、実務を担っている荻窪さんからやってくる。古島部長が同席するのも、先日のような重要な相談ごとだけだったが、今日は部長じきじきの電話だ。なにかあったのだろうか、と身構える。

従業員の副業が発覚した、と暗い声で言われた。開発企画部のなかで最も残業の多かった社員で、どう対応したものか悩んでいるという。

「就業規則に副業についての項目がありますよね。服務規律の章に入っていることが多いのですが、どう書かれていました？」

わたしの質問に、それが、と古島部長が答える。

「許可なくほかの会社等の業務に従事しないこと。とはあるんですが」

許可なく、という単語が入っているということは、大洋堂文具は絶対に副業禁止というわけではない。

「人事に話が来ていないだけで上司への相談はされていたなど、タイミングの問題ではないのですか」

「事情を知っているかもしれない人に水を向けてみたけれど、まったくですね」

古島部長の言葉にひっかかる。事情を知っているかもしれない人、とは上司ではないのだろうか。

「それで、どんな仕事をしていたんでしょう」

「YouTubeですよ。それをやる人のことをユーチューバーって言うんでしたっけ」

はあ？　という言葉を口内で飲みこんだ。オンライン動画共有サービスのYouTubeでは、企業やアーティストなどが公式チャンネルを持っているが、一般の人も得意分野を生かして多種多様な発信をしている。そういう自己表現や趣味の延長ではないのだろうか。

「目に余るほど、なんですか？」

「チャンネル登録者数っていうんですか、それが何万人もいるようで。あれは見られるごとに広告料がもらえるんでしょ。動画の数も多いし、もしも残業として申請している時間に編集などしていたなら問題だ」

「たしかにそうですね」

一度見てみてください、と古島部長がメールでURLを送ってきた。

「社畜男メシのワークアウト」というタイトルのチャンネルだった。体操選手のようなノースリーブのランニングシャツに、酒屋風の前掛けエプロン、さらには覆面レスラーに似たハーフマスクをつけた男性が出てきた。口元が空いているタイプのマスクだ。滑舌のよい話し方でヘルシーなレシピを紹介し、料理をはじめる。キッチンはまるでモデルルームのように新しくおしゃれで、カメラがあるらしきリビング側から手元のようすが見えるフルフラットカウンターだった。出来上がったもの——鶏むね肉のレンチンサラダだ——も、トマトやレタスを加えて盛りつけまで工夫されて美味しそう。ひときれ口に入れて、味の感想を自画自賛で述べている。しかしそこでは終わらない。彼はおもむろにエプロンを取り、肩の上で一回転させて投げ捨てた。次のシーンはリビング側に移り、トレーニングマットを敷いた床での筋トレ。この方法ならマンションでも下に響かないと言いながら、海老ぞりのようなポーズを決めている。

「強烈というか、キャラが濃いですね。料理と運動、組み合わせるんですか」

わたしはなんとか感想を述べる。チャンネル登録者数も多いけれど、再生回数はそれより桁が多い。ふざけているようにしか思えないが、そんなに人気があるのか。

「どちらもステイホームを求められるこの時期に最も必要とされているんでしょうね。荻窪によると、低カロリーの上に手順も少ない料理とのことでした。運動も、割と効果的な動きだと思います。素人が見ても良いコンテンツかと」

顔立ちはわからないが、顎のラインはシャープで、体格も細マッチョ。こんな体型になれるように自分もがんばりたいと、視聴者に思わせられる見かけだ。それにしてもこの覆面はなんなんだ。エプロンを投げたのはマントのつもりだろうか。わたしのパソコンの液晶画面を覗いていた丹羽さんなど身体を二つ折りにして笑い、声が漏れないよう給湯室に逃げていった。

「この人は覆面をしてますよね。たしかに社員の方なんですか？」

「顔は隠してるけど、声や話し方でわかりますよ」

古島部長の返事に苦笑が交じっていた。

「それで誰かが気づいたと。本人は認めているんですか」

「まだ確認はしていないんだけど、複数のものが見て、本人だと確証を得ましたよ。……その、まずは懲戒処分の目安をつけてから本人にと思って。どのぐらいにすればいいものでしょうね。そのご相談もさせてもらいたくて」

声から、古島部長が困っているようすがありありと窺える。

「就業規則に、表彰及び制裁といった項目があると思います。どう書かれていますか」

「いくつかのケースが書かれているけれど、けん責、減給、出勤停止、降格、諭旨退職、懲戒解雇と状況に応じて求めていくといった具合で、これもあいまいでどうにも測りかねているんですよ。犯罪などに加担したなら当然解雇だけど、同業の他社でもない副業とあって、当てはめる場所に困ってるんです」

事情によって勘案する必要があるので、幅を持たせているのが普通だ。

「前例との間に差をつけないというのも重要なポイントです。ユーチューバーという事例はなかったでしょうけど、今までに無許可の副業というのは？」

わたしは訊ねる。

「……ほぼなし、ですね。休日に家業を手伝っている、不動産を所有し貸している。私の知る副業の事例はそのくらいで、報告が後先になったところでさほど問題になりません」

「では初めてのケースになりますね。公務員はともかく、基本的に、就業時間以外の過ごし方は従業員の自由です。多くの会社で副業には許可が必要としているのは、会社の社会的な立場を失わせるような仕事でないか、情報漏洩はないか、さきほどおっしゃったように競合他社に関与していないか、そして本業への影響、つまりその方が適切な労働を提供できるかを見極めるためです。ダブルワークで睡眠時間が取れないとなったら、労働の質に影響しますから。このチャンネルは社会的な問題になるものでもなく、御社の仕事内容からみて情報漏洩もなさそうに思えますが、どうですか」

「すべての動画を見たわけじゃないけれど、たぶんないでしょう。……となると労働力の低下……。彼、けっこう仕事の成果は上げているんですよね。残業は多いけど」

「開発企画部の方でしたね。就業時間内にユーチューバーとしての活動をしていなかったかも確認のうえで決めていくのがいいと思います」

ですよねえ、と納得するような返事のあと、咳ばらいの音が聞こえた。

「彼の聴き取りに、朝倉先生も同席してほしいのですが」

あー、そうきたか、とわたしは天井を見上げた。制裁関係はこじれるとトラブルに発展する可能性もある。極端な処分は避けたほうがよいだろう。

「わかりました。ほかの会社の例なども調べておきます」

古島部長が、ほっとしたような長いため息を受話器越しに届けてくる。

「よかった。実は該当の社員、社長のいとこ甥《おい》でしてね。処分をしないわけにもいかないし、どう扱ったらいいか困っていて」

わたしは文字通り、絶句した。

なに、その後出しじゃんけんは。

## 3

園部《そのべ》魁人《かいと》、三十三歳。社長の亡くなった母親の弟の娘の息子で、関係としてはいとこ甥、五親等にあたる。大洋堂文具は社長の父親が興した企業だが家族枠はなく、就職試験では最終面接の段階でやっと気づかれたほどだという。次期社長と噂される副社長も専務も、平社員からコツコツと実績を積みあげてきた人物だ。園部本人も経営関係の部署は望まず、企画推進や開発に携わりたいと一貫して主張していた。そうはいっても忖《そん》度《たく》ゼロではないのだろう。早くから開発企画部に配属されたのも周りが気遣ったからという説もあるそうだ。一方で本人が開発関係に向いていることも事実で、かわいい系おしゃれ系の文具に敏感な層に向けて、注目商品をいくつも出しているという。

古島部長、荻窪さん、そしてわたしは、園部さんを呼びだした時間より少し早く、いつも通される人事部の脇にある会議室に集まっていた。ただ長机が並んでいるだけの、シンプルな会議室だ。

ふたりとも表情が硬い。古島部長は園部さんに関する説明を荻窪さんに任せたまま、挨拶の後はほとんど口を開かなかった。

「以前拝見したリップグロス風のスティックのりも、園部さんのアイディアだったんですね」

「ほかにもペンケースに入れやすいようフセンを縦に積みあげて収納するケースや、分解してコンパクトにできるハサミなど、アイディア商品に関わっています。プレゼンもうまいので採用率も高く、成果だけ見れば仕事はできるほうなんです」

荻窪さんが、残念そうな口調で言う。

「あのYouTubeは、そういった能力をいかんなく発揮した結果なんですね」

ほかの動画もいくつか見てみたが、奇異に感じていた恰好もポーズも、だんだん慣れてくるから不思議だ。むしろ癖になりそう。レシピも簡単で、家族のごはんからおつまみまであり便利だ。爆笑していた丹羽さんも、筋トレを試しているという。説明もわかりやすく、チャンネル登録者数が多いのも納得だ。

「社長をはじめとして上の者には話をしたんだけど、呆れている人、激怒している人、面白がっている人、バラバラなんですよ。一番怒っているのは社長で、身内に甘いと思われては困ると厳しい処分を求められました」

古島部長が疲れたように息をつく。

事情を知っているかもしれない人、と古島部長が言っていたのはその社長のようだ。

わたしならむしろ、身内には内緒にしそうな気もするけれど。

「どちらにせよ人気が出すぎて、社員のどなたかに気づかれてしまったわけですね」

わたしの質問に、ふたりは顔を見合わせて黙る。そんなに答えづらいことを訊いただろうか。

「ええまあ、匿名の誰かに」

古島部長の視線でうながされるように荻窪さんが口を開いたものの、奥歯に物がはさまったようなようすだ。

「あ、いえ、どなたなのかをうかがうつもりはないです。園部さんにも告発者を知られないほうがいいと思います」

「……本当に匿名なんです。部長のデスクに告発文めいたものが置かれていて、誰かわからなくて」

荻窪さんが困り顔でうつむいてしまう。

「告発文？　匿名の？」

それってどういうことですか、と訊ねようとしたところで、会議室の扉がノックされた。

「そうです。これ、自分です。いやあ、よくわかりましたね」

照れを含んだ爽やかな笑みを目元に浮かべ、園部さんが明るく答える。邪気のないようすに、調子が狂いそうになった。

涼しげな目と凜々《りり》しい眉を持ち、覆面マスクとは逆の部分が隠されたマスク越しにも、端正な顔立ちは察せられた。細身のスーツに身を包んでいることもあり、姿勢とスタイルの良さがよくわかる。身長は男性の平均値よりも高く、総合すると、モテそうの一言につきる。

「じゃあ園部さんは、この社畜男メシというユーチューバーであることを認めるんだね」

古島部長が念を押す。

はい、と素直にうなずく園部さん。なにが問題なのかわかっていないような気がする。

困ったような顔で、古島部長と荻窪さんがわたしをちらりと見た。

問題になっているのは、許可なく副業をしたことと、残業分も含めて就業時間内に配信の作業を行ったかどうかだ。後者を正面から訊いても認めないだろうし、配信動画には時計が映っていないのでわからない。

古島部長はそのまま視線を戻そうとしない。……わたしが訊ねるんですか？

「えーと、この動画、一本作るのに何時間ぐらいかかるんですか？」

わたしの発言に、園部さんが不思議そうな顔をした。

「時間？……あの、さっき社労士事務所から来ましたっておっしゃいましたけど、たしか労災のこととかやってくれる人ですよね。別の会社にいる友人が通勤中に怪我したときに、あれこれしてくれたって」

「はい。改めまして、やまだ社労士事務所の朝倉雛子です。労災やそのほかの提出書類の手続き代行、帳簿書類の作成事務をしております。そしてもうひとつ、人事や労務管理に関するコンサルティングもしていまして、今回はそちらの関係でここに座っております」

「労務管理……」

ピンとこない顔で、園部さんがつぶやく。

「はい。それでさきほどの質問ですが、どれぐらいの時間がかかりますか？」

「ものによるけど、料理をする時間、トレーニングをする時間、編集の時間、ですかね。短ければ一時間ちょい、長ければ数時間」

「それをほぼ毎日配信してますよね。かなりの時間を取られるのではないですか」

就業時間に食い込んでいるのではないかと、そう持っていくつもりでわたしは質問をした。

しかし園部さん、目を細めて笑う。

「だいじょうぶですよー、好きだから続けていられるんです。いや、最初はね、反応も鈍かったですよ。だけどあるときポンと火がついて。SNSで誰かが取り上げたんだったかな、変わったことやってるヤツがいるって。そこからいろんな人が見てくれて。僕としてはステイホーム中の会社員に向けたつもりだったけど、子供に大人気になっちゃいました。社畜ってなんですかって小学生の息子に訊かれてしまいました、ってコメントを見たときは、どうしようって思いましたよ。あ、でもそんなコメントも励みになってるんですよ」

あはは、と笑い声まで立ててだした。

「そういうことを訊いているんじゃないんですよ」

古島部長が、重々しい声で園部さんの笑いを止めた。荻窪さん、とひとことうながして、用意していた彼の勤務時間の表をテーブルに並べさせる。

「園部さん、あなたは連日残業をしている。残業時間の制限をかける前は、在宅勤務の日なのに三時間もしていたときがあるほどだ。残業だと申請した時間に動画を作っていませんか、そう訊ねているんです。……朝倉先生は」

質問をショートカットしておいて、そこをわたしに被せないでほしい。安定の人任せキャラだなあ、とは思ったけれど、婉曲に訊ねたところで結局は同じだろう。

目を見開いてわかりやすく驚いていた園部さんは、不満そうな表情になってわたしを睨んだ。

「失礼ですね。どこにそんな証拠があるんだ」

「すみません。頭から疑っているつもりはないのです。確認したかっただけです。一日は二十四時間。動画編集にかける時間がどのぐらいなのか、そこに残業込みの就業の時間を足すとどのぐらいになるのか。睡眠時間なども足して二十四時間を超えるのであればーー」

わたしの質問の途中で、園部さんは即答した。

「超えません」

「三時間の残業をしたうえで数時間の動画編集ですか?」

その日は短い編集時間のパターンかもしれないと思いながらも訊ねた。園部さんがいたずらっぽい目になる。

「あなた、独身ですか? ひとりぐらしですか?」

は? と声を出したのは荻窪さんだ。険しい目を向けている。先に反応されたため、わたしはなんとか呑みこんだが、いったいなにを訊ねてくるのだ。

「いや失礼。自分は独身でひとりぐらしです。当然、料理は自分で作ります。ジムに行くのを躊躇するようになったころから、自宅でのトレーニングが中心になりました。つまり動画を撮ろうが撮るまいが、毎日やることなんです。あなたも自分に置き換えてシミュレーションしてみればいい。プラスは編集作業の時間だけ。その編集だってプレゼンの補助資料にしようと以前からやっていることだから、慣れたもんですよ」

なるほど、そう言われれば生活の一部だ。わたしの場合、それらにかける時間は短いけれど。ただ。

「どんな料理にするか、どんなトレーニングをするかなど、考える時間も必要では」

「両方とも趣味です。今までの積み重ねがある」

園部さんが胸を張った。

古島部長と荻窪さんがまたわたしを見てきた。どうしましょう、と目で訊ねてくる。

「なんだったらパソコン持ってきましょうか。会社から貸与されたものだけでなく、自分のものも。ログを見てもらえばいい」

「そこまでおっしゃるなら、とは思いますが、……いかがですか」

わたしは最後の言葉を、古島部長と荻窪さんに向けた。古島部長が小さくうなずく。

「では、就業中はあくまで仕事をしていたと。とはいえ園部さんは残業が多すぎます。開発企画部は全般的に多いけれど、なかでも断トツだ」

古島部長はまた荻窪さんをうながす。荻窪さんが、名前を伏せたほかの社員の勤務時間の表を園部さんのそれの横に置いた。

「考えだすと夢中になっちゃうんですよ。あれこれ調べてみたくなるし。それはうちの部長からも注意されました。できるだけ気をつけます」

できるだけ、なんだ。ついつっこみたくなった。

それでは、と古島部長は咳ばらいをした。

「時間はともかく、許可なく副業をしてはいけないという服務規律がありますので、今後はユーチューバーとしての活動を控えていただき――」

「ちょっと待ってください！」

古島部長の言葉の途中で、園部さんが立ちあがった。

と、気恥ずかしくなったのかすぐに座るが、テーブルに手をついて身を乗りだしてくる。

「僕のチャンネル登録者数見ました？　多くの人が楽しみにしてくれているんですよ。食事作りが楽になったとか、ダイエットに成功したとか、嬉しいコメントがたくさん書かれてるでしょ。世の中の役に立ってるんですよ。僕……自分は活動を控えるなんてできない」

「荻窪さん、就業規則を」

古島部長が指示をする。

「はい。そのことですが就業規則のここ、服務規律のところに載っていまして」

荻窪さんが、プリントアウトして綴じた就業規則を開いて見せた。該当の章を指さしている。

「許可なくほかの会社等の業務に従事しないこと、ですか。他社の仕事なんてしてませんよ」

「園部さん、ほかの会社等の業務、というのは企業だけを指していないんです」

わたしは口を出す。

「そうかもしれないけど。でもYouTubeですよ。自分の時間を利用してみんなに楽しんでもらう、情報を発信する、それが業務ですか。自分は料理研究家じゃない。あくまでアマチュアです」

「アマチュアの域を超える広告収入がありますよね。ネットで調べた限りなので正確なところはわかりませんが、あなたの動画の再生回数なら月に数万から数十万円になるんじゃないですか？」

そう言うと、園部さんは恨みがましい目で見てきた。

「なら、人気がなかったら副業じゃないんですか？　趣味ということになるんですか？それは変ですよ」

「そのお気持ちはわかりますが、一定の収入を得た段階で会社に相談して許可を得ておくべきだったのではないでしょうか」

「なら許可してください。知らなかったんだ、そんな規律があるなんて」

子供のような反応だったが、知らなかったという言葉に少し困惑した。労働基準法で、会社は就業規則を従業員が常に閲覧可能な状態にしておかなければならないとされている。

「荻窪さん、就業規則はどのような形で従業員の方に周知していますか」

「ちゃんと閲覧可能なサーバに入っています。入社時には読むように言っているし、プリントアウトもできます」

さすがは荻窪さん、お手本のような答えが返ってきた。周知はしているのだ。荻窪さんは園部さんにむけて、ためらいを見せてからもう一度告げる。

「……言いづらいんですが、就業規則には表彰及び制裁という項目もあるんです。ほら、この箇所です。服務規律に従わなかった場合というのがあって、園部さんにはなんらかのペナルティを負っていただくことになるかもしれません」

「えー？　自分、いろいろヒット商品を作ってきたのに」

「きみ、それとこれとは別だよ」

古島部長が呆れる。

「知らなかった自分が悪い、ってことですか。でも知らない以上はどうしようもないでしょ」

園部さんは不貞腐れてそっぽを向いた。頬をふくらませているようすが、マスクの横から見えている。

「園部さん。それではなぜ覆面マスクを被っていたのですか。服務規律をご存じなかったにしても、うしろめたい気持ちがどこかにあったのではないですか」

わたしが訊ねると、園部さんが怖い目で睨んできた。

「恥ずかしがり屋なんですよ」

**4**

「恥ずかしがり屋のユーチューバーっています？　絵を描くとか、詩や文章を綴るなどならネットで活動をしても恥ずかしがり屋を名乗れると思いますが、覆面とはいえ動画ですよ」

事務所に戻ったわたしは、帰り支度をしていた丹羽さんをつかまえて愚痴った。

「閉塞感溢れるこの時代に、得意分野で世の人々の役に立ちたい、そういう崇高な気持ちで活動してたのかもしれないよ」

「冗談で言ってますよね、それ」

ばれたか、と丹羽さんは楽しそうに肩で笑う。

「それで結局、処分はどうなったんですか」

棚の書類を確認していた山田所長がデスクに戻り、真面目な顔をして訊ねてきた。わたしも表情を引き締める。

「今のところは保留で、上と相談するそうです。本人に悪気はないし、知らなかったでは済まないけど信じてあげるべきだとも思うので、あまり重い処分にしないほうがいいとお伝えしました。今後の活動についても上と相談と。結論がはっきりするまでは新しい動画は発信しないように、ということはしぶしぶながら納得してもらえました」

なるほど、と所長がうなずく。

「就業中にサボってないかは結局お咎《とが》めなし？」

丹羽さんが口をはさんでくる。

「サボっていないと本人が言う以上は。証拠もありませんし、そこも信じるしかないですよ」

「たしかにそうだね。売り上げが鈍って満足な給与を出せない会社が増えたことも手伝って、社会全体が副業容認の方向にいっているし、なにより仕事以外の時間の使い方はその人の自由だ。とはいえユーチューバーか。すごいですね。そういう稼ぎ方もあるんですか」

　所長が考えこんでいる。

「古いですよ、所長。ずいぶんまえから小学生のなりたい職業ランキングの上位です」

　丹羽さんがからかった。

「そのぐらいは知ってますよ。だけどサラリーマンが副業として手を出すジャンルなのかと感心してるんだ。これをきっかけに世に出たいというわけでもなく、アマチュアとしてなんでしょう？　それで稼げてしまうというのもすごい」

「アマチュアとして、は言い訳かもしれないですけどね。ユーチューバーのなかには、料理のコンテンツが評判になってレシピ本を出す人もいるぐらいだし、どう化けるかはわからないですよ」

　わたしの言葉に、丹羽さんが笑った。

「あの覆面マスクと酒屋エプロンのビジュアルは、動画だから面白いと思うよ。本の表紙に載ってたらさすがに引くって」

「まんま表紙に出さなくてもいいと思います。それに覆面と普通のマスクから見えてる部分を足すと、なかなかのイケメンみたいです。売り出すなら素顔のほうがいいかも」

「でも恥ずかしがり屋なんでしょ」

丹羽さんが刺してくる。

そうだった、とわたしは苦笑する。その主張を信じるなら覆面は脱がないだろう。

「うちの事務所でもなにかお役立ち情報を発信しますかねえ」

所長がぼそりと言う。

「やだ。考えこんでいると思ったらそっちですか。やめましょう。収益を確保するのは大変そうです。広告を見せることで、つまり再生される回数に応じてお金をもらえるんですが、そのためには動画を何本も用意したり毎日発信したりする必要があるから、こつこつ育てないといけないいんですよ」

わたしは頭を横に振った。

「収益は考えてないよ。宣伝になるかなと思って。事務所のサイトに誘導する形にすればと」

「コンテンツが山ほどある世界なので、一本や二本じゃ、きっと埋もれます。地道に営業をしたほうがいいと思います」

それには丹羽さんもうなずいている。

「じゃあ園部さんという彼は、それをやってのけたってことだね。なのに活動をやめるよう求められたら、さぞショックだろうね」

言われてみればそうだ。今までの努力が水泡に帰すのだ。園部さんの反応があまりに子供っぽいので呆れていたけれど、それほどまでに落胆していたのだろう。可哀そうな気がしないでもない。

「彼の動画、最初は反応が鈍かったけれど、急に火がついたって言ってました。とはいえ収益からみて副業でしょうと話したところ、では人気がなかったら趣味なのかと。……難しいですね。線引きがわからないです」

「なにを副業とみるかは、法律で決まっているわけじゃないからね。たとえ趣味だって、没頭しすぎて睡眠不足になって仕事がおろそかになるなら、適切な労働を提供できていないといえる。毎日新しい動画を発信してるなら、時間的にはギリギリのように思えるけれどね。いくら料理と運動という生活の一部を切り取っているとはいえ」

「問題は、本業への影響ですね」

その点は、今は影響していないようすだ。残業が多いのは仕事に夢中になっているからら。ヒット商品をいくつか生みだせているのも、本業が楽しいからだろう。たぶん凝り性なのだ。

「ところでヒナコちゃん。その動画に辿りついたきっかけが告発文ってどういうこと？」

丹羽さんが訊ねてくる。

「園部さんがユーチューバーとして活動しているのは副業ではないか、という文章とU

ＲＬの書かれた紙が、出社した古島部長のデスクに置いてあったそうです。社員の誰かが気づいたんでしょうね」

滑舌よくしゃべる声は加工されていないので、ふだん会っている人ならわかりそうだ。わたしも、本人そのままだと感じた。

「誰がやったかはわからないままなんだ。それも気持ち悪いね。堂々と告発すればいいのに、つげぐちなんて」

丹羽さんは眉をひそめる。

「わたしも嫌なかんじだと思いました。でも園部さんは社長の親戚だから、名前を出して告発して上の人に目をつけられたら困ると考えたのかも」

だねえ、と三人でうなずきあう。

三人。素子さんはまだ戻ってきていないのだ。知人ルートで頼みこまれた案件が、なかなかの難物らしい。

丹羽さんが帰ったあとで事務所に戻ってきた素子さんは、疲れた顔をしていた。

今までどんな経理処理をしていたのかしらと、不満そうにつぶやいている。そんなにひどいんですかと水を向けてみたが、まあね、でもだいじょうぶ、とくたびれたようすながら笑っていた。素子さんはわたしと違って、クライアント先の愚痴をこぼさない。

わたしは口に出すことで発散するほうだけど、素子さんは口に出すとかえって滅入《めい》るからだという。

数日後、報告までという形で園部さんの処分の連絡が来た。大洋堂文具自体への悪しき影響はないので、なるべく穏便に済ませたいと減給七日分に。示しがつかないと怒っていた社長は減給一ヵ月を主張していたが、同様のことが起きた場合の前例になってしまうと、該当者の生活ができなくなるかもしれないので、七日で留めたという。

ただ、動画配信の許可はまだもめているそうだ。仕事に影響しないならよいという声や、あの恰好はどうかという声などで紛糾《ふんきゅう》してまとまらないらしい。

## 5

さらに何日か経ったその日は、久しぶりに寒かった。ここのところ残業続きなので、今日はさっさと切り上げよう。早く帰って料理でもしようか。社畜男メシの動画をまとめて見たせいで、作れるような気持ちになっている。……甘いかな。

そう思いながら事務所の入っている雑居ビルのエレベーターを降りた。エントランスに足を踏みいれて数歩進んだとたん、呼びとめられる。

「朝倉さんですよね、やまだ社労士事務所の」

声のするほうを見ると、黒っぽいコートを着た背の高い男性が立っていた。園部さんだ。

「……どうしてここに」

「事務所の名前から検索しました。住所も受付時間もサイトに書いてあったし。あまり待たずに済んでよかった」

「そういう意味ではなくて。あの、なぜ、と」

「もちろん話があるからですよ」

アポイントメントも取らずに？　サイトには受付時間と並べるように、電話番号が書いてあったでしょうに。

以前にも同じようなことがあったけれど、あのときエントランスで待っていたのは女性だった。男性に待ち伏せされるのはちょっと、いやかなりびびる。

「わたし、もう帰るのですが」

「駅まで一緒に行きましょう」

園部さんがほほえむ。

いやいや園部さん、わかってないでしょう。その先にもついてこられるかもしれないという怖さがあるんですが。

言おうかどうしようかためらったが言えず、せめてと社会人としての対応を求めた。

「まずはお電話かなにかで、時間のお約束をしましょう。今日はこのあと用があるので、お話は改めてうかがいます」

「いや、そんな時間のかかる話じゃないので。文句が言いたかっただけです」

文句？　なにを？　わたし、あまり重い処分にしないほうがいいと提言しましたけど。

「監視システム、あなたが提案したんですか」

園部さんは冷静な表情を保ちながらも、険しい目で睨んでくる。

「……どういうことですか」

「貸与されたパソコンに入れる監視システムですよ。リモートワーク中のログ取ったり、画面をスクリーンショットしたりするそうです」

古島部長に相談されていた件か、と思いだした。そんなわたしの表情を見てか、園部さんがいっそうとげとげしくなる。

「知ってたんですね、やっぱり」

「相談を受けただけです。園部さんのパソコンに入れると言われたんですか？」

「全員にですよ。今日は僕、リモートの日だったんだけど、一斉告知がありました。あなたが言ってた労務管理って、そういうことなんですね」

「違います。わたしたち社労士が行うのはアドバイスです。労働基準法ほか法律法令から逸脱しないためにはどうすればいいか、先日話題になった就業規則であればどう扱いましょう、といったものです」

「監視システムを入れよう、そんな提案はしていないんですか？　システム会社からお金もらってませんか」

「まったくありません。誤解なさってます。御社の人事担当者に確認なさってください」

つい、口調がきつくなってしまった。

園部さんが考えこんでいる。

「だけどそれを入れたほうがリモートワークの管理は楽ですよね。会社に相談されたら勧めませんか？」

「管理のしやすさ以外にも、従業員の反応や費用対効果など、複合的に考えたほうがいいでしょうというお話をします」

「うちの古島部長にはなんて言ったんですか」

「同じ話をしています」

「もっと具体的に」

「わたしからはお話しできません。古島部長にお訊ねください」

もうお帰りください、というつもりで一礼をした。顔を上げるも、園部さんはまだそこに立っている。

「……僕はあの人たちに利用されたんですよ。監視システムを入れるための」

「そこについてはわたしにはわからないです」

納得いかない、という不満げな表情を崩さない園部さんが、ふん、と息を漏らした。

「帰ります。わからない、知らない、そう言われるばかりじゃどうしようもない」

踵《きびす》を返し、園部さんは出入り口に向けて何歩か進んだ。が、突然立ちどまって振り返る。

「帰るところじゃないんですか？　駅まで送りますよ」

え？

「……忘れ……忘れ物を思いだしました。では失礼します」

わたしはエレベーターの前まで戻り、上りのボタンを連打した。早く来てくれ。そう願う。

横目でようすをうかがうと、園部さんはそれ以上は立ちどまらずにエントランスを出ていった。ほっと息をつく。

どういう神経をしているんだろう。急に押しかけてきたことにも驚くけれど、今の話の流れでなぜ、わたしが帰りを送ってもらいたいと思うのだろうか。

そういえばいきなり、独身かひとりぐらしかと訊ねてきた人だった。感覚がどこか違うのかもしれない。

翌日、大洋堂文具に確認を入れた。

例の監視システム――ログ管理ツールは、園部さんの件とは関係なく、導入準備を進めていた最中だという。伝え損ねていたと言われたが、こちらも相談に答えただけなので、結果を報告する義務はないと言われればないのだ。

それよりも、本当に園部さんの件とは無関係なのだろうか。正直、危ぶんでしまう。

「タイミング的に、園部さんがスケープゴートになりかねないことが心配です」

わたしがそう言うと、古島部長はだいじょうぶだと答えた。

「園部の件は、人事と上の者以外は知りませんから」

「無許可での副業禁止に関して、再発防止のための告知はしていないということですね」

「したほうがいいんですかね」

不安そうな古島部長の声が受話口からやってくる。

そう問われると、悩む。服務規律の違反があった場合、該当者の名前は出さずに注意喚起だけするケースは他社でも見受けられるが、今回の場合はネットに出ているだけに園部さんが特定される可能性がある。

「するかどうかは会社によりけりです。具体的な内容に触れると園部さんのことだと気づかれるかもしれません。懲罰の意味で、彼だと知らしめたいといった意向はありますか」

「そんな。ないですよ」

「ではもしも注意喚起のために告知をするなら、園部さんだとわからないよう慎重になさったほうがよいでしょうね。リモートワークが続くため副業を考えている人が世間的に増えているけれど、といった前振りで、もし副業を試みるならまず相談を、という形に持っていくのも一案です」

「参考にします」

重々しい声で、古島部長が答える。

「園部さんご自身は、今回のことをログ管理ツール導入の口実にされたように感じているようすでした。フォローが必要かと思います」

「そうします。……あの、すみませんでした。彼、朝倉先生のところに直接出向いたんですね。ご迷惑をおかけしました」

いいえ、と答えるべきか、はい、と答えるべきか、迷う。

「ログ管理ツールの件も、処分の件も、園部さんは納得されていないのではないでしょうか。だからうちの事務所までいらしたんだと思います」

「今後はそのようなことがないよう、よく言っておきますので」

「ありがとうございます。なによりも園部さんが納得できるよう、じっくりお話ししてください」

そう言った翌日に、またやってくるとは思わなかった。

## 6

「誰が僕のことを告発したか教えてください」

やまだ社労士事務所の応接スペースは、事務スペースの間とパーティションで仕切られているだけだ。ソファではなく、簡単なテーブルと椅子のセット。パーティションの手前側にある作業机を兼ねた打ち合わせ用のテーブルセットとたいして変わらない。そこで向かいあった園部さんは、身を乗りださんばかりに肩に力が入っていた。

今回はさすがにアポイントメントを入れてきた彼だ。当日の朝だけど。

「……なぜそれをわたしに？」

「古島部長たちでは埒《らち》があかないからですよ」

ログ管理ツールは以前から導入を計画していた、一方で園部さんのYouTubeのチャンネルは最近になってから知った、だから両者の間には関係がない。古島部長はそう説明したそうだ。ではどうやって自分のチャンネルを知ったのだ、誰に聞いたのだと問うと、それは明かせないとつっぱねられたという。

「わたしも、どなたが人事に知らせたかは聞いていません」

「匿名だという話は聞いてますか？　開発企画部の部長をつかまえて教えてもらいました。部長も、部員が告発者ならトラブルのきっかけになりかねないと人事に確認したら、そう答えられたそうです。本当なのか、黙らせるための嘘かはわからないけれど」

園部さんがじっと目を見てくる。

なるほど、そこまではわかっているのか。だけど聞いていないと一度答えた以上、わたしも知っていたとは言えない。

「だとすれば、答えは単純ですよ。告発者は匿名だったという話が本当なら、古島部長たちも知らない。嘘ならば、追及したところで名前を教えてくれることはない。そうでしょう？」

自分の知らないところで自分の話をされた、その気持ち悪さはわかるけれど、知ったらその相手との関係が悪くなる。知らないほうがよほどいいのではないだろうか。

「それじゃ納得できませんよ。告発者が実際にいるんです。怪しいのは別れた恋人と一部の同期で――」

「待ってください。告発者を知ってどうするつもりですか」

「つげぐちなんて最低だ。文句のひとつも言ってやりたいですよ。古島部長は監視システムと僕の件は関係ないって言うけれど、結びつけられて噂になったらと思うと、ぞっとする」

「誰か、そんなことを言っているんですか？」

「いいえ、まだです。監視システムについては非難轟々《ごうごう》ですよ。リモートワークになってから、部内や同期での情報共有をするためにＬＩＮＥグループが作られているんですが、そこでも紛糾してるし、しばらく動きのなかった他部署との制作チームのグループでさえ、その話題で持ち切りです。出社した日にかわす挨拶だって、まずその件からですよ。もしも僕の件が伝わったら、相当なバッシングを受けるでしょう。生きた心地がしません」

「絶対とは言い切れませんが、まだ起きていないことを心配しないほうがいいですよ。園部さんの YouTube の件は、人事と上の人しか知らないと聞いています」

　そう言うと、園部さんが睨んできた。

「だけど気になるんですよ。悪目立ちするのは嫌なんだ」

「悪目立ち？」

「聞いてるでしょ？　僕、社長の親戚なので色眼鏡で見られるんですよ。良くも悪くも噂になるし、コネ入社じゃないのにコネだって言われるし。僕のアイディアがよく商品化されるのもそのせいじゃないかって噂する人までいるぐらいです」

「ヒット商品をいくつか出しているとうかがいましたが」

「売れなかった商品だってあります。ヒット商品よりも売れなかったほうを言い立てられるんですよ」

悔しそうに、園部さんは目を伏せる。

誰かをこころよく思わない人の心理は、そういうものかもしれない。たしかに良くも悪くも、やっかみを受けやすい立場だ。けれど古島部長も荻窪さんも、仕事ができると園部さんを評価していたし、全員が悪い噂をしているはずはない。それでも園部さんとしては悪いほうが目につくし、気になるだろう。

だけど。

「失礼ですが、だったらなぜ大洋堂文具さんに入ったんですか？　就活のときは、色眼鏡で見られる可能性を考えなかったのでしょうか」

「文房具が好きだからですよ。だから文房具のメーカーに絞った。ほかの会社も受けたけどダメで、受かった会社の中で唯一条件に合ったのがうちってわけです。待遇面の話じゃないですよ。企画や開発に関われる目があったからです」

「作り手になりたかったんですね」

もちろん、と園部さんは大きくうなずく。

「文具店や書店の文具コーナーにずらっと並ぶ文房具、興奮しませんか？　ほんの百円から数百円で買えるペンだって、書き味やフォルムなど各メーカーがいろんな工夫を施しているんですよ。僕が主に手掛けるアイディア系の文房具も、群雄割拠ですよ。あの場所は一日中だっていられるパラダイスです」

園部さんが、最初に会ったときと同じ、爽やかな笑顔になった。

うちのクライアント先に美空《みそら》書店がある。本を売りたいと思って書店に勤めている木《き》嶋《じま》さんは、文房具売り場の面積を増やしてはどうかという本部側の提案に対して屈託を持っていた。でも園部さんは、パラダイスだとわくわくしている。人によって、受け止め方は違うのだ。

「緊急事態宣言でショッピングモールに入っているお店が閉まったり時短営業したりしたとき、心の栄養補給ができなくなってショックでした。それで時間を持て余して、自分の得意分野でYouTubeをやってみたんです」

消すに消せないストレスを抱えていたということなのか。だからこその動画配信なのだ。

「文房具の紹介をしようとは考えなかったんですか?」

「身バレしちゃうでしょ。悪目立ちはなしと、そこは決めてたんで。文房具を開発している僕とは別の世界、別人格ですよ。覆面を被った理由の一番はそれです。顔を晒すのは恥ずかしい、それも本当だけど、会社にいる自分と混同させないようにした。だから社畜男メシが僕だってわかったのは、僕のマンションの部屋に来たことのある人ですよ。同期か元カノか」

「キッチンなどの室内が映ってるから、ということですか？」

「だって料理系のユーチューバーなんて山ほどいるんですよ。そこから僕に辿りつけるなんてよっぽどだ」

園部さんがそう思うのはわかるけれど、声も滑舌のいいしゃべり方も園部さんそのものだ。おしゃれなキッチンとはいえ、それが原因じゃないような気がする。あれは知ってる人のキッチンだ、部屋だ、と思って動画をクリックする人は少ないだろう。覆面と酒屋エプロンの奇妙さに興味を持って見てみたら知りあいだった、というほうが自然だ。

「そういうわけで、これが告発者候補のリストです。七人分。よろしくお願いします」

園部さんがクリアフォルダーに入れた紙をテーブルに滑らせてくる。名前の載った紙のほかに、封筒も一通。写真だろうか。

「いえ、お調べすることはできません。園部さん自身は、この方々に訊ねなかったんですか」

「下手に訊ねたら僕がユーチューバーだってバレるじゃないですか。藪蛇《やぶへび》です。お金は払います。封筒の中に手付けが入ってますので」

え？　封筒に入ってるのは、写真じゃなくてお金？

「ちょ、ちょっと待って。うちはそういった仕事はやっていないので」

「じゃ！」

と立ちあがった園部さんは、脱兎のごとく事務所を出ていった。

わたしはクリアフォルダーをつかみ、慌てて廊下まで追いかける。けれどタイミングに阻まれてしまった。ちょうどやってきた下りのエレベーターに乗られてしまう。失敗した。行動が読み切れない人だとわかっていたのに。

「あー、もう最悪。古島部長経由で返すしかないか」

すごすごと事務所に戻ってきたわたしに、丹羽さんが声をかけてくる。

「聞き耳立ててたけど、なかなか面白い人だね。マスクマン社畜男メシ」

まいったなあ、と自分のデスクについて、わたしは文字通り頭を抱える。

「どこがですかー。園部さん、会社でもああなのかなあ。自分の主張を強引にでも押しつけられるって、力のある証拠ですよ。コネのせいだと思われても仕方ない。そりゃ悪目立ちもしますよ」

デスクに置いたクリアフォルダーに、丹羽さんが手を伸ばした。

「同期か元カノかって、これ、七人のなかに五人も女性がいる。すごいね、どちらのカテゴリーなんだろう」

「全員が恋人カテゴリーでも不思議じゃないですよ。条件的にはモテそうな人だから。

でも、元ってことは別れてるってことですよね。そりゃあんな勝手な人、続きませんって」

　彼に同情しないでもないけれど、いいように押しつけられた腹立たしさに、つい、非難してしまう。

「調べてあげないの？　ヒナコちゃん」

　丹羽さんがからかってくる。

「調べる義理はないです。それに相手は匿名なんですよ。古島部長が出社したら、告発の紙がデスクに置かれていたって話です。それを調べるなんて不可能に近い」

「カードキーなどの出入りの記録は取ってないの？」

「いつも、脇にある会議室に通されるけど、人事部の部屋にカードキーリーダーはついていなかったように記憶してます」

「リモートワーク中だよね。該当の日か前日に出社してた人は少ないんじゃない？」

「たしかにそこからある程度は絞り込めるけど……って、丹羽さん、乗せないでくださいよ。調べませんから」

　くくく、と丹羽さんが肩で笑った。

「だってそういうの、興味惹かれない？　告発者は誰だ、ってね」

「また面白がってー」

わたしは古島部長に連絡し、顚末《てんまつ》を報告した。ご迷惑をおかけして、と恐縮されてしまう。ついでにと、告発者が誰か見当はついているのか訊ねてみた。調べるつもりなどさらさらないけれど、園部さんの行動がエスカレートしたら告発者に影響が出るかもしれない。

「いえ。……追及しないつもりです」

古島部長が困ったように言う。

「そうですか、わかりました。園部さんから預かったものをお届けしたいので、近々お邪魔します」

古島部長たちも調査しないほうがいいだろう。下手に知ってしまうと、なにかの拍子に名前が出てしまいそうだ。

**7**

翌日の昼、素子さんが晴れやかな表情で事務所にやってきた。デスクに鞄を置き、伸びまでして、実にすがすがしそうだ。

「あー、すっきりした。やっときれいになった」

「例の知人ルートの案件ですか。終わったんですか?」

わたしの質問に、そう、と素子さんがうなずく。

「これだけ働かせたんだから当然ですよねって言って、この先の顧問契約も取ってきた。転んでもただでは起きてやるもんかー、ってね」

「厄介な案件って言っててらしたのに」

「きれいにしたからこの先はだいじょうぶ。経理担当も代わっているし。お祝いにひとりランチで美味しいご飯を食べてきた」

ふふふ、と素子さんは楽しそうだ。

「ご機嫌じゃない。いつも黙々と仕事を進める素子さんが珍しく手こずったようすだったからどうなることかと思ってたけど、結局、なにがどう厄介だったの？」

丹羽さんが話に加わってくる。

「そうねえ、もう口にしても滅入らないから話してもいいかな」

素子さんが、ふうと息をつき、渋そうな顔で笑う。

「そこ、社長の息子と元の経理担当者が不倫関係になってて、いいかげんな経理処理をしてたの。わかりやすい例で言うと、デート代を取引先との接待費にするなんてことね。それをひとつひとつ精査して、正しい状態に戻して、数字も合うようにして、なんとかきれいになったわけ」

小さいながら自ら拍手をする素子さん。わたしと丹羽さんも拍手を送った。

「それは本当にお疲れさまでした」

「ありがとう。知人ルートは怖い、誰も引き受けない貧乏くじだ、ってずっとずっと思ってたから、ほっとした」

「それでその不倫関係、どうなったの?」

丹羽さんがにやつきながら訊ねている。丹羽さんの関心はそこですか。

「経理担当者はクビ。でも社長の息子は社長の息子だから居座ってはいる。小さい会社だからね。別れたと言いつつも切れていないんじゃないかって話」

「やだ素子さん、そんなことまで知ってるの」

話を振っておきながら、丹羽さんは呆れたように言う。

「会議室に入れられて古い伝票と格闘していたんだけど、新しい経理担当者がたびたびやってきて、ほかに人がいないのをいいことに全部私に話してくるんだもの。会社を揺るがすスキャンダルだし、どんな不正経理をされていたか興味津々だったからでしょうね。その担当者には口止めをしたけど、たぶん無理。人の口に戸は立てられないよ」

「社長の身内だったら、いっそう噂の的だね」

丹羽さんの言葉に、そうそう、と素子さんもうなずく。

「不倫がバレたのも噂がきっかけだったみたい。ふたりとも否定したそうだけど、火のないところに煙は立たぬで、不正経理の跡が見つかったころには大火事」

「こっそり逢うぐらいならともかく、不正経理なんて証拠の塊じゃん。ばかだねー」

丹羽さんが豪快に笑い、素子さんも苦笑している。

わたしはというと、なにかが引っかかっていた。

「火のないところに煙は立たぬって、根拠があるから噂が立つって意味ですよね」

どちらに訊ねるともなく訊ねる。

「そうだよ。人の口に戸は立てられないってのも、噂にまつわることわざ。どうしたの、いきなり」

丹羽さんが不思議そうにしている。

「ちょっと気になって。丹羽さんの言うように、社長の身内ならなおさら噂になりますよね」

「そうね、やっかみといったマイナスの感情もあれば、単に注目を浴びやすいという属性もあると思うわよ」

素子さんが少し考えながら言う。

「火があれば、煙が立つ。反対に考えると、煙が立ってないということは、火はない？」

わたしはさらに訊ねた。

「絶対にないとは言いきれないけれど」

素子さんが答え、丹羽さんはあたかもそこに煙があるかのようにふわふわと視線を揺らしながら上を向く。

「上手に隠してるなら、煙は立たないかもね」

わたしは首を横に振った。

「隠れてはいないんです。バレてる。火はある。なのに煙は立っていないんです」

「……雛子ちゃん、なんの話をしてるの？」

素子さんが首をひねっている。

「園部さんのことです。大洋堂文具の」

「覆面マスクのユーチューバーの人だっけ？」

「そうです。それを告発したのは誰なのか」

火のある場所が、違うのだ。

**8**

この一ヵ月で何度か通された大洋堂文具の会議室で、わたしは園部さんが置いていった封筒と空のクリアフォルダーを古島部長に託した。

古島部長が頭を下げてくる。

「このたびはいろいろとご迷惑をおかけして。こちらはたしかに園部に渡しておきます」

本当はすぐにでも返したかったけれど、一週間ほど間が空いてしまった。古島部長と荻窪さん、ふたりがともに出社する日に会いたかったのだ。そう伝えると、今日の日時を指定された。

荻窪さんも、古島部長の隣で神妙な顔をしている。

「クリアフォルダーには、園部さんが告発者として疑いをかけた人の名前を書いた紙が入っていました。個人的な交流関係でしょうから、古島部長たちの目にも触れないほうがいいと思い、処分させていただきました。お伝えください」

「はい。我々も調べるつもりはないので、それで結構です」

「調べなくてもわかってるから、ですよね」

わたしの言葉に、古島部長と荻窪さんが揃って息を呑む。

そのまま黙っているので、わたしはさらに続ける。

「告発の文書が置かれていたというのは、本当なんですか？　そんなものは存在していないのではないですか」

まだ返事がない。

古島部長が、あからさまな視線を荻窪さんに向けた。

「なぜ、そんなふうに思うのですか」

返事をうながされた形の荻窪さんが、困り顔で笑う。

「噂が立っていないからです」

「……噂」

「園部さんは、ログ管理ツールと自分の YouTube チャンネルが結びつけられて噂されることを恐れています。社長の親戚ということで自分は悪目立ちする、なにかあるとすぐ噂になると言っていました。でも今回は、まだ噂になっていないとのことです」

「ええ、園部がユーチューバーをしていたことは一部の人しか知らないので」

「でも告発者なら知っていますよね。どうしてそこから噂が立たないのでしょう」

荻窪さん、視線がわたしからテーブルへと落ちた。

「噂を立てたら……、自分が告発をしたとバレてしまうからじゃないですか？」

「発信源が告発者とは限らないし、むしろ噂が蔓延した状態のほうが、誰が告発したかがわからなくなるのでは。人事に訴えるのは、注意を受けてほしい、もっと言えば罰してほしいからですよね。噂を流すことに躊躇するでしょうか。また、園部さんが処分を受けたことは社内で知られていないので、自分の告発の行方がどうなったのかを、その告発者は知るすべがないですよね。人事に無視されたと考えるかもしれない。だとしたら次は噂という手段で制裁を試みるのではないでしょうか」

「それは……、あの……」

答えられなくなった荻窪さんが、古島部長を見やる。

「告発はしたけど、園部さんの YouTube 活動に対して、さほど悪い印象は持っていなかっただとか、知ってしまった以上は、人事に伝えねばと考えたなど、それだけのことじゃないですかね」

古島部長は考え考えしながら、助け舟を出してくる。

わたしは首を横に振った。

「園部さんによると、ログ管理ツールのほうはかなりの噂になっているそうです。非難囂々だと。社員からは不評の施策。それまでは園部さんの行動にさほど悪い印象を持っていなかった人でも、彼の YouTube のせいで導入されたのではと、不愉快に感じるのではないでしょうか。また、そう言い立てられてもおかしくないですよね。でもやっぱり噂は立っていない。なぜならもとの火が、社員の処遇を決めているほうの側にあるからです」

古島部長もまた、テーブルに視線を向けてしまった。

「おふたりのどちらかが気づかれて、匿名の告発があったということにしたのですか？　それとももっと上の人が相談に来られて、同じく告発があった体にされたのですか？」

古島部長と荻窪さん、ふたりがゆっくりと顔を見合わせた。だがまた黙ってしまう。どちらが先に口を開くべきか、決めかねているかのようだ。

荻窪さん、とわたしは呼びかけた。

「最初に社畜男メシの YouTube を発見したのは、荻窪さんのお子さまじゃないですか？　たしか中学一年生の息子さんが、ごはんを作ってくれると言ってましたよね。園部さんも、動画が子供たちに受けたと言っていた」

はあ、と荻窪さんのマスクからため息が漏れ、諦めたかのような表情になった。どこかほっとしているようにも見える。真面目な人だけに、嘘をつきとおすのはストレスだったろう。

「そうです。息子がハマったんです。急に料理の腕を上げてレシピも増えたので、どうしたのと訊ねたら、面白い YouTube を見つけたと教えてくれたんです。該当の動画を見てみたらそれが園部で、ビックリしました。部長にもチェックしてもらって、やっぱり彼だと」

古島部長がうなずいた。そしてしみじみと言う。

「これは面倒なことになったと思いましたよ」

「面倒そうだから、匿名ということになさったんですか」

わたしの問いに、古島部長が再び首肯《しゅこう》する。

「そりゃあそうですよ。我々だって厄介ごとに巻きこまれたくはない。園部自身も言ったそうだけど、彼はいろんな意味で悪目立ちしますからね。社長の親戚というのもだし、ヒット商品を生みだしているというのも。そしてあの性格。自分のことを棚に上げ、誰がバラしたのだと騒ぎそうだと思ったし、実際、騒いでいます。それでふたりで相談して決めたんですよ」

正直に告げていれば騒がなかったのではとも思ったが、いまさらそれはわからない。人事担当者が見つけたというところだけを取りあげて、社員を監視していると言いだしそうでもある。

「監視……いえ、ログ管理ツールの導入は、本当に園部さんとは関係ないんですか？」

わたしは古島部長のほうを見ながら質問した。古島部長、ここは責任者として荻窪さんに頼らずに答えてほしい。

「園部のことがわかる直前に決まったことはたしかです。ただ、反対する声はありました。その時点では。しかし園部の件があって、やはり必要かもしれないと意見を変えました。……皮肉なことに、それ、社長ですけどね」

ああ、たしかにそれは皮肉だ。

「社長は、社員を全面的に信じるというお考えだったのですね」

「自由にさせているほうが発想も豊かになる、仕事のやる気も出ると言っておりました」

「園部は少々、自由すぎるとも思いますが」

古島部長の説明に、荻窪さんが苦笑しながらつけ加えている。

「このまま、園部さんに黙ったままでいますか？　告発者の調査などしませんと彼に突っぱねましたが、それはわたしの仕事ではないからです。園部さんは、告発者を調べようとエスカレートした行動を取るかもしれません。早めに鎮静化したほうがいいのでは」

「そう、だねえ」

「……ただ、なんて言ったらいいのか」

ふたり、また顔を見合わせて困っている。

「そのままをお話しになってはどうですか。園部さんは、自分の件がきっかけでログ管理ツールが導入されたと噂になるのを恐れています。告発者はいないので噂になることはないと知れれば、安心するのではないでしょうか」

「そう思いますか？」

古島部長が意味深な顔になって問うてきた。

**9**

「で、どうなったのよ、ヒナコちゃん」

事務所に戻ると、丹羽さんが待ちかねたように訊ねてきた。

やっときれいになったー、と素子さんのように晴れやかな顔をしたいけれど、わたしはちょっとだけ複雑だった。

「またやられました。今日はちょうど園部さんの出社日だと言われ、そのままわたしも含めての面談。彼の機嫌を損ねないよう説明させられる羽目になって、とても神経を使いましたよ」

利害関係のない人に説明してもらったほうがいいのでと、古島部長に頼みこまれてしまったのだ。

「首尾は？」

「思いのほかあっさりと、そういうことだったのかと園部さんは納得していました。自分が非難の的になりたくないという気持ちがとにかく強かったようで、ほっとしてましたね。そっちは、そっちは」

「そっちは、ってなに」

「もうひとつ、別件があったんですよね。というかもともとは、そちらの話のために園部さんとの面談の時間を取っていたようです。彼にとっては良いニュースのはずなんだけど」

「なに小出しにしてるの。良いニュースって？」

そう言いながらも、丹羽さんは興味深そうに目を見開く。

「YouTubeです。活動は休日のみという条件つきで副業が許可されたんです。ただ園部さん、配信の頻度が減ると視聴回数が減る、みんなも楽しみにしてくれてるのにって、しばらくごねてました。そうはいっても会社としては譲歩なんですよって説得して、最終的にはなんとか納得してもらえましたが」

「例の覆面もそのまま？」

「本人は正体を明かしたくない、会社もうちとは関係ないという形にしたいと、そこは同じ意見なので、そのままです。逆に、今後も顔出しをしない、社会的なルールにも従う、イメージを損なうこともしない、という誓約文も書いてもらいました」

なるほどねえ、と考えこんだ丹羽さん、ふと首をひねった。

「今日行くってこと、大洋堂文具さんのほうから日時の指定をされたんだよね。そして今日、園部さんとの面談も予定されていたんだよね。もしかして、ユーチューバーとしての活動うんぬんの話も、ヒナコちゃんにやってもらうつもりだったんじゃない？　これたときのために」

「……やっぱりそう思います？　実はわたしもそんな気が。古島部長、他人に仕事を振ることに慣れてるんですよね。わたし、便利に使える人だと思われているようで」

半ば笑いながらも、丹羽さんはよしよしとばかりに肩を叩いてくる。

「無事に解決したんだから、よかったんだよ。お手柄お手柄」

「火種はくすぶってますよ。例の監視システムが導入されるし、園部さんもあれだけ派手な YouTube をやってるんじゃ、いずれバレかねないし」

「そのときはそのとき」

「ですかねえ。……あ、そうだこれ、お土産です。サンプルで作った文具セットを使ってくださいって」

わたしは社用封筒のまま受け取ったものを、口を下にしてデスクに流した。

透明な袋の口元をリボンで縛られたセットが滑り出てきた。多機能ボールペンにアイディアフセン、スリムタイプの消しゴム、立てられるペンケース、分解できるハサミ。そんなあれこれを包む袋に貼られたシールの文字は「便利文具グッズ」。

それを見たとたん、丹羽さんが爆笑した。

「便利に使える人……ねえ。くふふ、でも便利って、良いことだから」

「……そうですよね。優秀ってことですよね」

「そこまでは言ってない」

丹羽さんがあっさりと刺してくる。

文房具が求める究極の形、それは便利なことだ。便利に勝るものはない。

まだまだ優秀には遠いわたしだけど、多少の役には立っているのだろう。そう納得するしかない。

# 希望のカケラ

# 1

啓蟄《けいちつ》を過ぎ、桜の開花予想を耳にする機会が増えてきた。去年はお花見で集まらないよう求められていたけれど、今年はどうなるのだろう。とはいえわたしの場合は、友人の遠田《とおだ》美々《みみ》とそぞろ歩きをしながら頭上の花を眺めるぐらいだけど。

そんなことを思いながら事務所で帰り支度を整えていると、当の美々からひさしぶりに電話がかかってきた。

「雛子、もう仕事終わる？　まだ終わらない？」

「いきなりだね。終わるところではあるけど」

「じゃあ飲みにいこう」

ぽん、と明るい声で言われた。

いやいやいや、この緊急事態宣言下じゃ、気軽に飲みになんていけないでしょ。

「どうしたの。なんかあった？」

訊くのも野暮だった。美々は百貨店勤務なので、緊急事態宣言期間の影響を直接受けている。前回とは違って休業要請こそされていないけれど、催し物の中止や制限はあるし、客足も減っているだろう。ストレスは、きっと溜まりに溜まっている。

「あるといえばある、ないといえばない、……こともないか。明日明後日くらいから仕事が増えて忙しくなるからそのまえにと思って」

「なにかのイベント関係？」

最近、本部の営業企画に異動になったと聞いた。ただ企画を立てるだけじゃなく、バイヤーや店舗の担当者と折衝し、多くの人を巻きこみながら行うらしい。たとえば今ならホワイトデー、……といってももう目の前だから、考えているのは次のイベントだろう。

「具体的にどうっていうのはない。育休に入る同僚の仕事をほかの人が少しずつ引き受けるってだけ」

「なるほどね。でも妊婦さんのそばにいるくせに飲みにいこうだなんて、リスキーすぎ」

「妊婦じゃないない、夫のほう。子供はもう生まれてる。年末の感染の波がはじまるまえに実家に戻っていて、最近こっちの感染者も減少傾向だから帰ってくるんだけど、そのタイミングで育休を取るって」

「男性育休か！」

わたしはつい声を上げた。同じタイミングで帰り支度をしていた山田《やまだ》所長がこちらを見てくる。

「会社の取得率、今、何パーくらい？」

「取得率？　そんなこと言われたってわかんないって。けど最近ぽつぽつ見かけるよ」

「なかなかちゃんとしてるじゃん、美々の会社」

昨年二〇二〇年に発表された二〇一九年度の男性育児休業取得率は、前年度より増えたものの七・四八パーセントだ。傾向から、二〇二〇年度はもう少し増えると見込まれるが、いっても一〇パーセント台だろう。

「企業イメージというか、うちは世の中に貢献してますってアピールする戦略もあるよ。デパートはお客様からの好感度が第一だから。たしか会社の公式サイトにも載せてる」

「動機はともかく、しっかり取り組んでるんだ」

「育休のようすを公式SNSに載せたらどうか、なんてうちの上司が言いだしてさあ。きっといっぱいいっぱいだろうから、そんな宿題抱えさせるなって話なんだけど」

呆れたような美々の声がした。

「たしかにね。ただ、休みを取るのが妻だろうと夫だろうと、美々が感染源になりかねない行動はまずいよ」

「もうその同僚とは会わないって。タイミング的に、ほかの人を介してドミノ感染することもないんだけど。つってもお酒の注文が七時までじゃ、乾杯だけで終わりかー。徹《てっ》太《た》も商売にならないって言ってる」

つまらなそうに、美々は小さなため息をつく。

美々の弟、徹太くんはうちのクライアント、居酒屋やカフェを経営する屋敷《やしき》コーポレーションの契約社員だ。アルコールを提供する店はどこもそうだが、同社も前年からの売り上げは激減で、居酒屋だがランチ営業をし、デリバリーサービスとも契約して、なんとか従業員の給与を確保している。といってもアルバイトの数は減らしたという。契約社員が切られるのが早いか、転職先を見つけるのが早いか、と美々が言っていたのが正月明けのことだ。でも徹太くんは飲食しか経験がないのでなかなかほかの道は見つからず、現在停滞中、らしい。

「飲みにいくのはもうちょっと落ち着いてからにしようよ。そのときは徹太くんのお店にお金を落としに行くからさ」

「徹太の店？　やだ。せっかくならもっと高級なとこがいい」

と美々は身内に冷たいことを言う。そして春のコスメやファッションが勢ぞろいしているから、お金を落とすならデパートのほうにしてくれと、通話を締めくくった。

どうやら一番言いたかったのは、そっちだったらしい。上司にケチをつけながらも、会社を大切にしている美々だ。

「朝倉さん、なかなか興味深い話をしてたみたいだね」

電話を終えたわたしに、所長が声をかけてきた。

「すみません、電気を消すところでしたよね。お待たせしました」

「だいじょうぶだよ。男性の育休ですか」

「はい。百貨店勤めの友人の同僚が取るそうです」

「百貨店か。女性の多い職場だと周囲の理解もありそうだね」

「今、厳しい業界ですが。大企業のほうが余裕があるから取得率も高いんじゃないですか？」

「もちろんそうだけど、職場の雰囲気ひとつで変わるからね。男性の育休なんてありえない、という考え方の人が多いと進まない」

「でも男性社員であっても、たとえば一年以上雇用されているなど、要件を満たす従業員が育休を申請したら認めないといけないですよね」

「原則はね。ただなかなかハードルも高くて……」

とそこで、所長がわたしをじっと見た。

「ちょうど、そういう案件が来ているんだよね。相談に乗ってくれるかな」

## 2

剣谷《けんたに》家具は古いデザイナーズビルの三階にあった。一九八〇年代後半にイギリスアンティークの輸入家具を扱う会社として設立され、業績は物価変動に応じる形で上がったり下がったり。この十数年ほどは、海外から大型の家具店がやってきたこともありじりじり下降していた。とはいえ二年前に手に入れた飛騨《ひだ》の工房の健闘で、それなりに売り上げを保っている。主に注文家具を作っている工房だ。

「アタシの母親の出身地でしてね。親戚の工作所だったんですわ。後継者不足で悩んでいたじいさんと、起死回生の一手をつないで、あれですわ、ウィーンウィーン」

剣谷正司《しょうじ》社長が得意げに言う。

ウィンウィンだ。オーストリアの首都じゃない。ちなみに剣谷家具の今の主たる取引先はデンマーク、スウェーデン、ノルウェー、フィンランドといった北欧。にわか勉強だが北欧家具は、無垢材をはじめとする自然の材料を用いていて、優れたデザイン性が売りらしい。飛騨の家具も天然木だというし、どちらも温かみがある。相性がいいのだろう。

人事は昔から剣谷社長の直轄とのこと。自分には人の適性を見抜く目がある、とつねづね言っているそうだが、それを教えてくれた所長の表情から察するに、難敵の予感がする。もちろん実務を担当するのは部下たち、総務課だ。社長はバブルの時代に脱サラして起業したとのこと。ただ会社勤めをしていた期間は短いらしいので、歳は五十代の終わりから六十代はじめぐらいだ。

「うちの山田に聞いたのですが、御社で育休取得を申請した男性社員がいらっしゃるとか」

「そうそう。加瀬《かせ》と言いまして、三十……一かな。結婚してからすっかり嫁さんの尻に敷かれてしまって、どこで覚えてきたのだか育休を取りたいなんて言いだして困ってるんですわ。しかも一度無理だと言ったのに納得せず、二度三度と要求してきて。それで山田先生に相談したんですわ」

剣谷社長が声を大きくする。

ここは会議室ではない。執務フロアに設けられた打ち合わせスペースで、パーティションさえない。部屋には島になった机の列が並び、風通しをよくするためらしく社長のデスクもここにある。だけど電話の音も話し声も全部飛びこんできて、剣谷社長の発言もこの場にいる人たちに丸聞こえ。……加瀬さん本人はいるのだろうか、ドキドキする。

「育児休業制度の概要はご存じでしょうか。労働者は、その養育する一歳に満たない子について、事業主に申し出ることにより育児休業を取得することができる。とされています。これは労働者の権利で、男女は関係ありません。申し出られたら与えなくてはいけない、という決まりになっているのです」

わたしも声を高くした。

剣谷社長は身体を斜めにしてわたしをすがめ、得意そうに顎を上げた。

「でも与えなくても、たいした処罰にはならないわねえ」

返答に詰まった。

たしかにそうなのだ。

与えなくてはいけないとしているものの、与えない場合に大きな問題になることは稀《まれ》だ。従業員が労働局や労働基準監督署に訴えでてアドバイスを得ることはできるが、役所から注意を受けた事業主が開き直ることもある。こじれて調停まで進むと、従業員が傷を負いかねない。育休を申し出たことによって処遇に影響があってはいけないが、別の理由をつけられ、それが合理的であれば通ってしまいかねない。

そんな不安から言いだせない従業員もいる。男性社員が育児休業を取る予定で人員を立てていない会社も多い。

「だいたい、休む人間に給料は出せんしね」

黙ってしまったわたしに、剣谷社長が畳み掛けてきた。

「その点はだいじょうぶです。条件を満たした従業員に対しては、雇用保険から育児休業給付金が支給されます。これは非課税です。健康保険と厚生年金保険も、本人、事業主ともに免除となります。そして事業主側には助成金制度もあります」

独自制度で有給としている会社もある。

「助成金の話はおたくの所長さんから聞いてるって。けどアタシんとこはギリギリで回してってね。ひとり休まれたらアウト」

「加瀬さんのご家庭もギリギリではないのでしょうか。ご夫婦おふたりとも実家が遠く、今は里帰りもできないし親御さんの手伝いも頼めないと、わたしも山田から聞いております。どうしても休業が無理ということでしたら、残業なしなどの融通を利かせていただくというのはいかがでしょう」

「加瀬は営業でねえ。相手のある仕事だからそっちに合わせるしかないわなあ。……ちょっとー、おーい穴井《あない》くん。穴井くん来て」

剣谷社長は身体を伸ばし、突然人を呼んだ。

足早にやってきたのは四十代くらいのふっくらした男性だ。

「今、営業部の残業どうなってるかなあ。少しは減った？」

「……あ、いえ、横ばい状態です。すみません」

穴井と呼ばれた男性が身を縮めるようにして頭を下げた。うつむいたせいでウエストのベルトが食いこむ。スーツの前を開けていたため、つい目に入った。

「減りそうな感じある？　リモート営業は進んでるの？」

「ある程度はですが。ただその分の時間を新規先に充てるようにというお話だったかと」

「そうだったそうだった。……とまあ、こういう状況なわけですわ」

剣谷社長が前半を穴井さんに、後半をわたしに向けて言った。

穴井さんがわたしを見た。立ち去るべきかどうか迷っているようだ。

「ああこの方は社労士さん。ちょっと相談があってね。もういいよ。ありがとうね、仕事に戻って」

剣谷社長にそう言われ、穴井さんが去っていく。

「そういうわけでおわかりいただけますかねえ。いやあアタシとしては加瀬のほうを説得してほしくて先生方に頼んでるわけでね」

苦笑を浮かべながら、剣谷社長が言う。

「ほかの方のサポートは望めませんか？」

「それ加瀬と加瀬の嫁さんに提案してやってくださいよ。嫁さんも元はアタシんとこの社員だったんだけど、まー、気の強い子だったわあ」

「もう辞めていらっしゃるんですか？」

「結婚と前後して転職をねえ。インテリアコーディネーターの資格取ったと思ったら、建設会社にするっと。夫婦で同じ会社っての、気恥ずかしかったんだわ、きっと。ほらみんないろいろ想像しちゃうじゃないの」

剣谷社長の笑いが下卑《げび》たようすに変わった。そういう態度を取られては嫌な気持ちにもなるだろう、と同情が湧く。

「サポートは別に旦那じゃなくてもいいじゃない。新しい会社の友達とかさあ。男は仕事をしてナンボだよ。それにほらいま、ワンオペとかいって騒いでるけど、アタシの嫁さんはそうやって乗り越えてきたんだよ。アタシんとこも田舎から出てきたからさあ」

それを自慢げに言うか。やってきたのは剣谷社長じゃなくて妻なのに。

さすがに腹立たしくなる。マスクがあってよかった。表情を隠すのに役立つ。

これは相当に手ごわい。所長は、おじさん同士で話をしていると、育児のために男が会社を休むなどありえないという意識から離れてくれない、僕に対しても、口では勧めるけど本音は違うでしょうと言い続けて話を聞いてくれない、とぼやいていた。だから別の視点からのアドバイスを、と頼まれたけど、ほかの人の意見など、はなから聞く耳を持っていないのでは。

「剣谷社長、このコロナ禍において、そう簡単には誰かを頼れませんよ。ワンオペも今まで以上に過酷で、ストレスが溜まることでしょう。それは妻だけでなく夫もです。従業員が健康に働けるよう目配りすることも会社の役割ですよ。仕事の士気に影響しますから」

「……士気。あるといいんだけどどうだろうねえ」

剣谷社長が意味ありげにつぶやいた。

「どうかなさったんですか？」

「最初は真面目なやつだったけど、結婚してからダメになったよ。隙あらばサボる」

「どのようにサボるのですか。それはまた別の意味で問題ですが」

いや、と剣谷社長はわずかに目を泳がせた。

「サボるはオーバーかもしれないが、会社に奉仕しなくなったというかね。やるべきことしかやらないし、飲み会は一次会で帰る。もちろん今は飲み会自体がないけどさ。ビジネスセミナーもドタキャンするし、新しいことをしようって気概が足りないんだわ」

「従業員が会社に対して行うのは仕事であって奉仕ではないですよ。やるべきことはなさっているのでしょう？　飲み会も仕事ではありません。本来、自由参加です」

「男の仕事はそんなものじゃないよ。さまざまな場に顔を出して人とのつながりを作る、そこから新しい仕事を取る。さっきドタキャンしたって言ったビジネスセミナーだって、加瀬の代打で行ったすぐ上の先輩が、がんがん攻めて仕事をもぎ取ってきた。そういう姿勢が大切なわけよ。そいつはもともと飲み会好きで新しいものもイベントも勉強も好きと、話題が豊富だから商談もまとめられるんですわ。その大きな契約が上手くいきそうでね。彼ならまだ、ボーナス代わりに育児のための休暇ぐらいあげてもいいけどねえ」

「ですので育児休業は個人の仕事ぶりで対応を変えるものではないし、休暇でもないんですが」

　本当にわかってるのかなと確認すると、いやあ、と剣谷社長は苦笑した。

「先生ってのはさすが、真面目なことをおっしゃるもんですねえ。いやわかってますよ、原則はね。でもこっちも人間なんで、がんばってるのを評価したいですわ」

「評価は別のところでも行えますよね。たしかに育児休業の準備に積極的な会社はまだ少なく、人員確保がむずかしいとお考えになるのはわかります。ただ社会の流れとして、男女関係なく子育てをしようという動きになっているんです」

「正直、面倒な時代ですな」

「むしろ逆手に取りましょうよ。御社は家庭が購入する商品を扱っていますよね。育児休業を取得した男性社員がいるというのはアピールになりますよ」

　美々との会話を参考にした。剣谷社長が目を向けてくる。

「アピール。そういう考え方もありますわねえ」

　ここがポイントだ、とわたしは身を乗りだした。

「はい。ちょうどわたしの友人の勤める会社でも——」

「ただ実は、潮目《しおめ》がちょっと変わりましてね」

……潮目？　ってなに？

「育休が与えられないと見るや、転職サイトにそのことを書きこんだんですわ。それが昨夜わかったばかりだ。育休の間に転職活動されても困るし、世間にアピールしようにも当人がもういないかもしれないんじゃねえ」

なんだそれ。どうしてそんな短絡的な行動を。自分でハードルを上げてどうする。

わたしはまだ会ったことのない加瀬という男性に、呆れていた。

## 3

そろそろ加瀬が取引先から戻ってくるはずだ。少し待っていただきたい。どういうつもりか問い詰めたいし、返事次第では処分もあり得る。同席してもらえないか。

剣谷社長にそう言われてうなずいた。わたしも本人から話を聞いてみたい。ただ、今いる打ち合わせスペースではなく、どこか、ほかの人に話を聞かれない場所でとお願いする。

小さな会議室を案内され、換気の窓を大きく開けられた。ひとりで待っている間はコートでも羽織っておこうかと思ったが、今日は暖かいのでジャケットのままでじゅうぶんだった。待っている間に該当の転職サイトを確認しようと、スマホを取り出す。

剣谷社長に教えられた転職サイトで会社名を入れて検索をすると、剣谷家具の会社情報として一件ヒットした。三十代男性営業職という属性を持つ投稿者によるものだ。一件しかないし、属性も当てはまるからこれだろう。会社の良いところとしてアットホームな雰囲気であると書かれていたが、文章は途中で切れ、あとは「続きを読む」と太字で終わっていた。

こういうの、ここにリンクが張ってあるよね。

そう思って太字の部分をタップしたけれど、液晶画面に出たのは文章の続きではなく会員登録の画面だった。どうやら会員にならないと全体が読めないしくみのようだ。スワイプして登録欄を下まで見ていくと、名前と生年月日、メールアドレス、職歴、希望する職種などの枠があり、現在の、または直前まで勤めていた会社の名前や情報も書かなくてはいけないようで、「必須」という赤字がついていた。しかも良いところと悪いところの、ふたつの枠がある。両方書くのか、とつい睨んでしまった。

転職サイトなのだから、登録者に前職があるのは当然ということか。中途採用の情報を与える一方で、会社の口コミを集めてデータベース化しているのだろう。

ここでやまだ社労士事務所を登録するのもなあ、と手が止まった。見たいのは加瀬さんが書いたことだけなのだから。……待てよ、会員登録をしていない人が見られるのはさっきの「続きを読む」の手前まで。育休のことには触れていない。剣谷社長はどうしてそれを知ったのだろう。

用があれば電話をと言われていたので、早速、書きこまれた内容を知りたいと依頼してみる。ついでにさきほどの疑問を訊ねたところ、別の会社に勤める剣谷社長のお子さんが転職サイトに登録したときに、興味本位で検索をしたとのことだった。プリントアウトしてあるというので届けてもらう。

アットホームな雰囲気で面倒見がいい、という良いところは、裏を返せば束縛が強いということでは、と斜に構えながら読んでいく。だいたい面倒見がいいのなら休業の融通ぐらい利かせればいいのに。

悪いところとして書かれていたのが、問題の育休取得についてだった。

――育児休業を申請したが男性は無理だと断られた。全体に体育会系。考え方や体質の古さを感じる。

短い文章だったが、言いたいことは伝わる。創立して三十数年、考え方が当時のままなのだろう。

だとしても、なぜこんな身バレするような情報を書いてしまったんだろう。ほかに思いつかなかったのか、怒りに任せてしまったのか。

そう思ったところで会議室の扉がノックされた。剣谷社長が男性を伴って入ってくる。中肉中背で、垂れた目を不安げに泳がせ、やや童顔だった。彼が加瀬さんか。


「違いますよ！　自分じゃありません」

わたしがもらったプリントと同じものを見せられた加瀬さんは強く言い、長机を叩いた。

「育休を求めたのはきみだけなんだから、シラを切っても無駄だわ」

剣谷社長が憤然としたようすで言う。

「シラじゃない。本当に書いてません。じゃあ逆に、どこに自分が書いたって証拠があるんですか」

「証拠？　どこからどう見てもきみのことじゃないの」

剣谷社長が立ちあがり、怖い顔で加瀬さんを睨みつけた。加瀬さんは椅子をうしろに引いて怯《ひる》むものの、目だけは睨み返している。

待ってください、とわたしは手をあげた。

自己紹介は最初に済ませていた。育休の件も含めて、労働環境のアドバイザーとしてこの場にいると説明したが、それでも加瀬さんからいぶかしげな表情をされていた。

「ちょっと深呼吸しませんか。加瀬さん、育休の申し出はどこで行ったんですか？　こういった会議室で？　それともお仕事をされている大きな部屋ですか」

「大部屋ですよ。営業部の部長に申請したら上に訊ねるので待ってくれと言われ、その日の夕方には社長が自分のところまでいらして、認められないと」

「その場には誰かいましたか？」

「営業部は部長だけだったけど、経理や総務に、何人かバラバラと」

おいおい、と剣谷社長が呆れた声を上げた。

「ほかの人間が書いたと言うの？　きみの名を騙《かた》って。ちょっと朝倉先生、妙な誘導をしないでくださいよ」

「状況の確認をしているだけです。育休を申請した、それが断られた。転職サイトに載った情報で具体的なのはそれだけです。アットホーム、面倒見がいい、体育会系、これは受けとり方や雰囲気なので誰でも書けます。具体的な内容を知っているのが加瀬さんと営業部の部長、剣谷社長だけなら、加瀬さんが書いたと言えるかもしれませんが、ほかの人も知っていることなら加瀬さんだけを指すことはできませんよね」

登録者の名前は掲載されていないから、名を騙ったわけではない、というつっこみは入れずにおいた。

わたしの話に、剣谷社長は面倒そうに眉をひそめる。

「くどくどしい説明はいいわ。加瀬か誰かわからない、と言いたいわけね。だったらなんのためにそんなことしたか、誰がやったか、教えてちょうだいよ」

なんのためかも誰かもわからない。一方的に加瀬さんだと決めつけられない、それだけだ。

「営業部で三十代の男性は、ほかにいるんですか」

わたしは加瀬さんに向けて訊ねる。

「その世代がメインなので数人いますけど、自分になりすますなら別に営業でなくても三十代でなくても、いっそ男性でなくてもかまわないんじゃ――」

「女か！」

加瀬さんの返答の途中で、剣谷社長が叫んだ。

「加瀬、おまえなにやってんの。嫁さんの妊娠中にって一番やっちゃいけないことだわ」

「なにもしてませんよ。変な疑いをかけないでください。それに誰に恨まれる覚えもありません」

加瀬さんが顔を横に振る。

「嫁さんのほうはどうなの。いきなり転職したとはいえ、退社は円満だったわなあ」

「円満ですよ。出産祝いの候補リストだってもらったぐらいです」

「なんのトラブルもないと、そういうことですね」

わたしの確認に、加瀬さんが不満げに眉尻を上げる。

「ないです。経理部と総務部……、伝票を出すのが遅いとか、書類の不備とか、そういうのはありますけど」

「本当に？　その転職サイトに連絡して、誰が書いたか教えてもらうがいいかねえ」

剣谷社長が言う。そう簡単に教えてもらえるとは思えないが、脅しているだけだろうか。

「朝倉先生、これ、消してもらえるんですかねえ」

とプリントアウトされた紙を振って、剣谷社長はこちらに訊ねてくる。

「おふたりを待っている間に仕様を見たり、サイトについての評判をネットで検索したりしていたのですが、まずこのサイト、書きこみが反映されるまでに簡単な審査があるようです。明らかな誹謗中傷は載せないようにしているんでしょう」

「審査？　つまりどういうこと」

剣谷社長はいぶかっている。

「転職希望者のためのデータベースのようなので、誇張された情報はあっても、一方的な攻撃や罵倒は排除されているのではと思われます。それだけに、会社にとって都合が悪い、という理由では消してもらえない可能性があります」

「なんとかならないものかね」

わたしはスマホの履歴から、調べたばかりの内容をざっと読み上げる。

「発信者情報開示請求、という方法があります。その請求書をこの転職サイトに送って、投稿者のＩＰアドレスなどの情報を開示させてプロバイダを特定して、そこからさらに投稿者を特定する、という流れになるようです。けれど向こうも個人情報の保持を理由に請求を拒否するでしょうから、裁判を経る必要があります。これは弁護士を頼むほうがスムーズです。……ただ、さっきの話に戻りますが、育休を断られた、というのは事実ですよね。会社への名誉毀損《きそん》があれば情報を開示せよとなる可能性もありますが、嘘偽りでも罵倒でもないので、裁判の結果がどうなるかはわかりません。これも、予想される展開を弁護士に確認なさったほうがいいと思います」

さっきくどくどしいと言われたのでなるべくはしょったが、結論だけ言えば、情報が該当のサイトに残ったままかもしれない、ということだ。

それは伝わったのだろう。剣谷社長は苛立たしげに舌打ちをした。

「なんてことしてくれたんだよ、加瀬」

「だから自分じゃないって言ってるじゃないですか。書きこみされたのは転職サイト、転職したい人が登録するとこでしょう？　妻が産休中でしばらく働けない状況で、転職するはずがないじゃないですか」

「会社の悪口や嫌がらせのために登録するということも考えられるけどねえ」

「だったら登録の要らない匿名掲示板にでも書きますよ」

加瀬さんの言葉に、それはそうだ、とわたしもうなずく。

「閲覧数から考えても、そのほうが効果的かと思います。また、加瀬さんが加瀬さんを装うというのも不自然なので、加瀬さんが登録するなら真に転職のためでしょう。でもおっしゃるように今のタイミングでは行動しないでしょうから——」

いや、とわたしの言葉の途中で剣谷社長が首を横に振った。

「嫁さんが仕事に復帰するためにも、今だよ。引越したくないんだ。あの噂のせいだわなあ」

加瀬さんが息を呑んだ。

「あれって、本当なんですか?」

「噂ですか。なにかあるんですか?」

わたしの質問に、剣谷社長がため息を落とす。

「二年前に飛驒の工房を手に入れたという話、しましたわねえ。本社ごとそっちに移転するのではという噂が、去年の夏ぐらいからささやかれはじめましてね。輸入が滞ったことと、飛驒の業績が伸びていることに加えて、なにより感染状況のせいですわ。ゴミゴミした都会と違って、向こうなら安心して暮らせると」

リモートワークが進んだ会社では、地方暮らしを選択する社員がいるらしい。会社ごと移転するという話も聞いたことがある。やまだ社労士事務所のクライアントではまだ出ていないけれど、まさか剣谷家具が第一号？　その場合、うちとの契約はどうなるのだろう。

「……そ、そんな計画があるのですか」

思わず素に戻って訊ねてしまった。剣谷社長は呆れたように苦笑する。

「まったくないですよ。みんなが勝手に噂してるだけですわ」

いぶかしげな表情で、加瀬さんが訊ねる。

「でも剣谷社長ご自身で言ってたじゃないですか。一昨年の夏に向こうに行ったときに。サテライトオフィスを作ろう、いっそ移転してもいいぐらいだと」

工房との親睦を兼ねた社員旅行があり、BBQ《バーベキュー》も催されたのだとか。川の美しさ、緑のすがすがしさを褒めたたえていたという。

「営業の仕事はどうなるのか、リモートなのか、その都度上京という形になるのか、噂は今も消えていませんよ」

「あんなのは向こうへのリップサービスだ。本気にするなと何度も言ったわなあ。感染が収まっていた秋にはいったん消えたのに、増えた冬にはまた再燃だ。それを本気にして転職サイトに登録をしたんだろ」

「自分じゃありませんって」

話が戻ってしまった。剣谷社長は疑いを解かず、加瀬さんは否定する。膠着《こうちゃく》状態だ。

「剣谷社長、その転職サイトのことはいったん置いておきませんか。推測で決めつけることはできません」

わたしは口をはさんだ。

「そうは言っても、書かれているということは誰かがやったわけでしょ。加瀬、自分じゃないっていうなら、誰がやったのかちゃんとつきとめろ」

「無茶を言わないでくださいよ。そんなことよりなんとか育休、取らせてもらえないですか？　マニュアルもかっちり作っていきますから」

「おまえこそ無茶を言ってるじゃないの。もともとギリギリの人数なんだから男の育休なんて無理だと何度言ったらわかる」

怒りだしそうな剣谷社長に、わたしはもう一度口を出す。

「育休の話と、転職サイトの話は分けて考えてはいかがですか」

「いや同じ根っこですよ。そうだ、誰がやったのかわかったら、育休をやってもいい。朝倉先生、あんたもですわ。こいつに休暇をやりたいならあの書きこみをなんとかする。どうです？」

だから育休はなにかの報奨ではないし、休暇でもないってば。

## 4

ループする聴き取りに巻きこまれ、昼を食べ損ねてしまった。ランチタイムも過ぎているので、剣谷家具の入るビルの斜め向かい、交差点の角にカフェチェーンがあったので、そこに入った。歩道側が全面ガラスの設えで、カウンターが外を向いている。一席ずつ透明パーティションで仕切られたその一角でサンドイッチを頬張った。今日は暖かいうえに太陽の光も眩しく、ガラスの向こうがキラキラと光っていた。人が行きかい、信号待ちをし、また行きかっている。

たしかに男性の育休は申請自体をためらう人も多いし、中小企業では代替え要員がなかなかいない。でも働きやすい環境を整えるのも事業主の責任だ。どうしてもできないのなら多少なりとも負担を減らせる施策を、という方向で話を持っていったつもりだが、空振りで終わってしまった。

どうすればいいんだろう、とぼんやり外を見ていると、ガラスの向こうから男性が手を振ってくる。

さっきの穴井さんだ。体型のせいか暑そうに額の汗をぬぐい、笑顔でわたしと目を合わせてきた。

穴井さんは店内に入って素早くコーヒーを注文し、隣の席にトレイと鞄を置いた。パーティションはあるがわたしはマスクをはめ、立ちあがる。

「やあ、お食事中に失礼を。あらためまして穴井と申します」

差し出された名刺には営業部部長という肩書がついていた。剣谷社長は気安く呼びつけていたけど、部長さんだったのか。わたしも名刺を出して取り交わす。

「やまだ社労士事務所の朝倉と申します」

「加瀬の件でいらしたんですよね。うちの剣谷は声が大きいから全部筒抜けです。というよりほかの人に聞かせているんですよね。われわれは慣れていますが驚いたでしょう。失礼がなかったならよいのですが」

穴井部長は周囲を窺いながら、小声で言った。

「だいじょうぶですよ。……あの、もしかしてわたしを追いかけてこられたのですか？」

「いいえ。ここ僕、よくサボりにくるんですよ。って正直に言ったら怒られるか。えー、ちょっと時間調整を。ふふっ」

とそこでコーヒーを一口飲んだ穴井部長は、マスクをはめてさらに声を潜めた。

「加瀬の育休、どうなりますかね。あいつ本当に転職サイトに書きこんだんですか？

そんなことをしたらいっそうむずかしい立場になることぐらい、わかりそうなものですがね」

　この人はどこまで聞いているのだろう、そう思いながらぼやかして答える。

「本人は否定されています。それが真実かどうかまではわたしにはわかりません」

「そりゃあ肯定はしないでしょう。でも加瀬以外に誰が、と考えてもさっぱりわからないんですよね」

　たしかに、とうなずく。

　書きこんだ理由、動機もさらに謎だ。加瀬さん本人はトラブルはなかったと言うが、彼か元社員の妻のどちらかが恨まれていたのだろうか。でもそれなら加瀬さんも言うように、ある種の閉鎖空間といっていい転職サイトではなく、匿名掲示板に非難を書いたほうが効果は高いのに。

「それで朝倉先生は、どちらの味方なんです？」

　にこやかな目をしながらも、穴井部長が鋭く突いてくる。

　味方……。事務所がお金をもらっているのは会社からだ。けれど会社が誤った対応をしないよう、アドバイスをしなくてはと思う。現実を見ると、男性育休が進まないのは仕方のない部分もあるにはある。ただ加瀬さんというひとりの従業員が納得できるような形には持っていきたい。

「どちら、と簡単には割り切れない部分があります。双方が歩み寄れるよう、すり合わせていきたいところです」

そのためには会社側にも軌道修正を求めたいところなんだけど。会社側、というより剣谷社長に。

「なるほどねえ。なかなかむずかしそうだ」

「それは、営業部ではほかの方のフォローが望めないという意味なのでしょうか？」

「いやあ。多少ならなんとかならなくも……なくもない、かもしれないですね」

どっちなんだ。

そう思ったところ、穴井部長は小さいながらも声を立てて笑った。

「すみません、こちらもはっきりとは言い切れないんですよ。なにしろ剣谷はああいう人なので。加瀬もあっちゃんもいい子だから協力したいのはやまやまなんですが」

穴井部長が笑顔のままで言う。

「……あっちゃん？」

「加瀬の妻です。僕の元部下でもありました。部のマスコット的存在でね」

「マスコット……」

「ああ、いや、女性社員をそういうふうに扱ってはいけませんね。ちゃんと戦力でしたよ。ただどうしても若い女の子がいると華やぐというか、浮かれるものもいるので、そう見てしまう部分はね」

「あの失礼ですが、その方が退社した理由というのはそういった関係の」

誰かとトラブルになったのか？

「いえそんなことはないですよ。営業ではなく、もっとインテリアと向き合える仕事を探していたようです。資格の勉強も仕事をしながらがんばっていたし」

「結婚と転職は無関係なんですか？」

「たぶんですが。辞めて、その直後に結婚、だったかな」

剣谷社長は結婚と結びつけていた。穴井部長の説が正しいのかもしれないけれど、時期が近ければ結びつけられても不思議はない。

「それで育休ですが、やっぱり剣谷としては前例を作りたくない意識が強いんですかね」

「前例？」

「その話は出ませんでしたか？」

前例の話は出ていない。だが無意識下にもそういう意図はあるだろう。ひとり認めれば、当然その後も出てくる。

「次に予定されている方が、どなたかいるんですか？」

うーん、と言って穴井部長がマスクの上、目の横を掻く。

「近い……のは僕だったりして」

「え？」

「いや、まだです。まだなんですが。ただこう見えても僕、新婚なんですよ。僕は歳、いってますけど。でもそれだけに定年までには、子供に大学を卒業させたいと思うので、まあそろそろと」

ふっくらした左手の甲をかざし、ピカピカの結婚指輪を見せてくる。

「おめでとう、ございます」

どう答えればいいのかわからないので、そう言った。

「飛驒の工房には若い子もいる。だからこそ加瀬の件がどうなるか、みんな注目していますよ」

満足そうに穴井部長が目を細める。

「飛驒の工房？……みんなが注目、というのはどれだけの人を指すのですか？」

「社内の全員が知ってますよ。なにしろ剣谷は男が育休なんて一切ありえない、って吹聴してますから。当然飛驒にも届くでしょう」

そうですか、と乾いた笑いを返すしかなかった。全員が知っているなら、加瀬さんのふりをして転職サイトに書きこんだかもしれない容疑者もまた、一気に増えたわけだ。

「でも剣谷社長は、大きな契約を取ってくるなどの優秀な働きがあれば、認めていいとおっしゃってましたよ。ビジネスセミナーを仕事につなげた方がいらしたと嬉しそうに。もちろん育休とはそういうものではないのですが」

「ああ、あの仕事のね。……でもそいつは独身ですよ。あはは」

穴井部長が笑い飛ばす。わたしは逆に笑えなくなってしまった。道理できっぱりと言い切るわけだ。空手形だったとは。

「まあ、そのセミナーは最後の一押しで、加瀬がそこまで段取りをしていたからなんですけどね。急に行けなくなったのもあっちゃんの関係で」

「だったら加瀬さんの育休も認めてほしいものですが」

黙ったまま、穴井部長は首をゆっくりと横に振った。なにがあろうと剣谷社長は考えを変えない、そういうことか。

「転職サイトのことをご存じなのは、どこまでですか」

ついでにと、わたしは訊ねてみる。

「まだ上と僕くらいだけど、早晩知られるでしょう。剣谷、今この時間にも大声で話をしていそうです。本当に加瀬もバカな真似をしたものだ」

「いえ。加瀬さんは自分ではないと否定しています」

「そういう話でしたね。失敬」

「もしも噂が広まったら、そのことも言ってあげてください」

真偽はともかく、加瀬さんが立場を悪くしなければいいのだけど。

コツコツ、とガラスを叩く音がした。

見上げると、細身のスーツを着てトレンチコートを腕にかけた男性がこちらに視線を向けていた。右手で左手首の腕時計を指している。キラキラして高そうな時計だ。美々ならブランド名を言い当てそうだけど、あいにくわたしは詳しくない。

穴井部長がにこにこしながら男性に手を振った。ガラスの向こうの男性は、もう一度せわしないようすで腕時計を示す。

「呼ばれているんじゃないですか？」

わたしはそう訊ねたが、穴井部長はのんびりとコーヒーを飲んでいる。

「だいじょうぶですよ。まだ時間があるし。ああ、紹介しますよ」

穴井部長は手首を曲げ、おいでという合図か、かくように下に動かす。男性は戸惑いの表情で腕時計を見せている。ジェスチャーが伝わらないと思ったのか、穴井部長はさらに、こぶしを握って親指を立て、手を伸ばして下から上へと肘を曲げた。こちら側に入ってこいと。

呆れたように眉尻を下げた男性が、店の入り口のほうへと回りこんできた。

「さっきの大きな契約を取ったっていうの、彼ですよ。岩野《いわの》と言います。エンジェルリリーという通販サイトでの取り扱いを決めてきました」

「そうなんですか。剣谷社長、話題が豊富だと褒めていらっしゃいました」

「ええ。岩野は勉強熱心だし優秀な男です。ちなみにただいま絶賛婚活中でしてね。どうですか。うちのお勧め物件です」

たまにこういう話をされることがある。初対面に近い仕事相手に言うことじゃないと思うが、こちらも強くは出られず、いなすしかない。

「会社の商品だけでなく、人の営業もなさるんですか」

「いやいやあはは、岩野は仕事ではスマッシュヒットを打つのに、そっちのほうは三振ばかりなんですよ。なんとか力にと思ってね。やあ、来た来た」

岩野さんが入り口からまっすぐやってきて、穴井部長のそばに立つ。

「部長、なにをのんきにコーヒーなんて飲んでるんですか」

「だってまだ早いだろ。早すぎても先方に失礼だよ。岩野くん、こちらうちがお世話になってる社労士の朝倉雛子先生。朝倉先生、彼がうちのエースの岩野匡章《まさあき》です」

はじめまして、と挨拶をして名刺を取り交わす。

「岩野くん、きみも飲み物かなにか――」

「すみません、部長、お時間なんです。メールご覧になってませんか。一件目の訪問先が時間を前倒しにしてくれとのことだったので、スケジュールを変更しています」

岩野さんが早口で言う。

「え？　そうだったの？　ごめんごめん」

穴井部長がスマホを取りだしている。

「その結果、隙間時間ができたのでもう一件、訪問先を増やしました。資料も用意しています。移動中にご確認ください」

「いやありがとう。いつもながら岩野くんはきっちりと計画を立てるねえ。朝倉先生、彼、本当に優秀でねえ。ぴしーって計画してパンパンパーンって、ゲームみたいに次々コマを進めていくんですよ」

「お言葉の途中ですみませんが、急ぎましょう。まさに遂行してこその計画です。さあ」

岩野さんが穴井部長のお尻を叩くようにしている。穴井部長は一気に残りのコーヒーを飲み干した。立ちあがるかと思った穴井部長だが、「そうだ」と言って鞄を探りはじめた。岩野さんの目が丸く見開かれている。

「よかったらこれ、お友達へのプレゼントなどにどうでしょう。三月末からその通販サイトでも扱う予定の商品ですが、直接ご連絡いただければ割り引きますよ」

と一枚の紙を取りだして渡してきた。岩野さんはというと、穴井部長の使っていたトレイを持って返却口へ向かっていった。そのようすにやっと穴井部長も腰を浮かす。

典型的なおしゃべり好きののんびり上司に困ってる部下の図だなあ、と少し面白かった。

サンドイッチの残りを食べながら外を眺めると、目の前の交差点で穴井部長と岩野さんが信号待ちをしていた。

と、ふたりの近くをなにかが横切った。虫だろうか。

うわっ、と声が聞こえそうな恰好で、岩野さんがのけぞった。ガラス越しでもわかるほど一気に顔が赤くなっている。穴井部長が笑う。そこにいるぞとばかりに、穴井部長は宙に指で軌道を描いていた。信号が変わったのを幸いと、岩野さんは大きくよけながら早足で駅の方向へと歩きはじめた。穴井部長が身体を左右に揺らしながら追う。

## 5

「面倒をかけちゃいましたね。剣谷社長の翻意をうながすことはできなかったですか」

事務所に戻ると、所長が待ち構えていたかのように言った。

「はい。かなり頑固なようすです。営業部の部長さんとも話ができまして、育休を申請した加瀬さんに協力したい意思はあるけれど上の考えとは異なるからと、強く出られなそうでした」

こちらをいただきました、と穴井部長の名刺をデスクに滑らせる。

「育休が無理ならせめて残業なしにできないかとも提案したのですが、剣谷社長にはそれすら断られてしまいました」

「たしかに残業が常態化してるようだけどねえ」

わざわざ穴井部長を呼びつけるあたりに、パフォーマンスも感じたが。

「剣谷社長は、男性は育児より仕事をするものだという意識が強くて、そこを変えていただかないとむずかしそうです。会社への貢献度合いも理由にしています。優秀な社員がいて、その人なら育休を与えてもいいなんて言ってたんですが、彼は独身だというオチで」

所長が苦笑した。

「なるほど。やはり男性の育休は、上の考え方や職場環境に左右されるねえ」

はい、とわたしはうなずく。

「育休を取れる空気がないといけないと、つくづく思いました。休む人の仕事をどうするか、ギリギリの人員で回しているところがいかに大変かはわかるのですが」

うん、と言った所長が、ふいに表情を変えた。

「もしも、もしものことだけどね。朝倉さんが産休や育休を取ることになったらちゃんと考えるからね。一番いい方法をみんなと一緒に探していこう」

隣で話を聞いていた丹羽《にわ》さんが、大きな声で笑った。

「びびってるんだよ、所長。うちみたいな小さなとこだと産休育休が取れないと思われるんじゃないかって。センシティブな話だから訊きづらいし」

あっけらかんと言う丹羽さんを、所長が軽く睨んだ。

「ありがとうございます。まだ予定はないけど、そういうときが来たら相談します」

まだというより、まったくだけど。でもたしかに、わたしが一時的に抜けるのは大変だろう。その間をどう埋めるか、新しい人を入れたとしてその先どうするか、決めづらいからだ。わたし自身、そのまえにお金を貯めて独立するかもしれない。先のことはまるでわからない。だけどひとつだけ言えるのは、結婚相手は育休を取ることに積極的な人がいい。そのためには相手の周囲の理解が必要で……と、ひとまわりしてしまった。

所長が咳ばらいをした。

「話を剣谷家具に戻すけれど、転職サイトの書きこみとはまた面倒ですね」

「はい。加瀬さんは自分じゃないと否定しています。印象にすぎませんが、わたしも違うんじゃないかと思います。ただ、だとしたら誰が書いたのか、なんですよね。剣谷家具のほかの従業員を知らないので簡単には割り出せませんし、なによりも書きこんだ理由がわかりません。会社への攻撃なのか加瀬さんへの攻撃なのかも」

わかった！　と丹羽さんが手を打ち鳴らす。

「その剣谷社長が書いたんじゃない？　いいだしっぺや最初に見つけた人が犯人。この間もそうだったじゃない」

「剣谷社長の得にはなりませんよ」

　剣谷家具は現在中途採用の募集を行っていない。だから社名を転職サイトで検索する人は少ないだろう。そうはいっても会社を貶《おとし》めるようなことはしないはずだ。

「面倒なことを言う社員にお灸を据えたい、とかは？　どうしても育休を認めたくないから、それを補強するためとかさ」

「補強なんてしなくても認めないの一点張りですよ。さっき言った優秀な社員の岩野さん、通販サイトとの大きな契約をまとめたところだそうですが、途中まで話を進めていたのは加瀬さんだったんです。でも剣谷社長はそれを無視してるようで。あ、そういえばこれ、いただきました。その通販サイトでも扱うけど、直接こちらに連絡すれば割り引いてくれるそうです」

　穴井部長からもらった紙は、商品案内のチラシだった。家具や雑貨などの販売店向けなのだろう、写真と価格、紹介文がバランスよく配置されていて、最後に連絡先として岩野さんの名前と電話番号が載っている。

「へえ、積み木？」

　丹羽さんの質問に、所長も身を乗りだす。

「これが積み木ですか。色が塗られてないと地味だね。それにどうやって積み上げるんですかね」

チラシの写真には、四角柱や三角錐、楕円体に多面体と、さまざまな形の木のカケラが載っていた。子供が怪我をしないようにだろう、角が丸く潰されている。上に載せやすい工夫なのか面にへこみのついているものもある。積み上げの例もあったが、家や車といった明確な形を作るというより、なにが作れるだろうかと考えたり、できたものを見てなにかを感じとったりするもののようだ。

「自由な発想で自由な形を作ることによってお子さまの想像力を伸ばす、とのことです」

わたしは紹介文を読みあげた。飛騨の工房で、職人の子供が端材をパズルのように組み合わせて楽しんでいたことから商品化したものだと書かれている。

「所長、色を塗ってないのがおしゃれなんですって。子供にはなるべく自然のものを与えたいという考え方は根強くあるんですよ」

丹羽さんが言い添える。所長はまだ首をひねっていた。

「ふうん。子供向けのものはカラフルだという意識があるから、なかなかピンとこないねえ」

「プレゼントにどうですかって言われたんですが、大人も楽しめそうですね。インテリアとしても活用できそう」

いろんなカケラを組み合わせることで、思いもよらないものが生まれてきそうだ。わたしならどんな形を作ってみるかな。ちょっと面白そう。

「ま、なるべくほかの人と被らない、センスのいいプレゼントだと思われたいって考える人向けでもあるよね」

さっきまで商品を褒めていた丹羽さんが、皮肉っぽく笑う。

と、そのとき電話が鳴った。

丹羽さんが手を伸ばしかけたが、わたしたちがチラシをはさんで話をしていたからだろう、いいよと言って所長が取る。

一瞬わたしのほうに目を向けてきたが、そのまま話しはじめたので所長あてのようだ。しばらく話したのち、わかりましたと電話を切っている。

「剣谷社長からだ。加瀬さんの転職サイトへの書きこみは不問に付すそうだ」

は？　とわたしは声が出た。

「不問もなにも、本人、否定してるんですよ」

「それが本当か嘘かわからないし、別の誰かがやったにしても、調べるには時間とお金がかかる。いろいろ考えたが、今は中途採用をしてないので影響も少ないだろう、今後計画を立てるころにはデータとして古くなるだろうとみた、とのことだよ」

「……採用計画がないなら影響も少ない。それはわたしも思いました」

うん、と所長が微妙な表情になる。

「男性の育休は取れないものだと思う層のほうが多いから、問題にならないのではないか、そうも言ってたね。なにしろ取れている会社が今はまだ一割以下だからね」

正直、納得がいかない。そんなに軽んじられていいのだろうか。

「それで、加瀬さんの育休申請はどうするおつもりなんでしょう。剣谷社長、書きこんだ人を見つけることができれば取らせてやるなんて言ってたんですよ」

売り言葉に買い言葉のような調子だったけど。

「結論は変わらず、認められないと。残業については一応、営業部内で考えてもらうとのことだが、必ず減らすという保証はできないそうだ」

「仕事の状況次第ということですね」

わたしはため息をついた。なにをしに行ったんだろう、という無力感がひしひしと押し寄せてくる。頭を下げた。

「お役に立てずにすみませんでした」

「とんでもない。僕が無理にお願いしたことだし、営業部の部長と話ができたのもよかったよ。少なくとも現場の人は、協力したいと思っているわけだからね」

「たしかに穴井部長は、自分の将来も考えて見守っていきたいようすでしたけど」

ふと、まさかという思いが下りてきた。

穴井部長、あの人が加瀬さんのふりをして書きこんだ、とか。現状を世間に知らしめることで剣谷社長に翻意させるという援護射撃。もっと悪く考えれば、自分が制度を利用するかもしれない未来を考えて加瀬さんをスケープゴートにした。

そうだ。動機がわかればやった人間もわかる。

加瀬もあっちゃんもいい子だから、と言った笑顔が浮かんだ。あの笑顔は嘘だったんだろうか。いや決めつけちゃいけない。でもでも、と思ってしまう。どちらにせよ心の中のことだから、証明しようもないんだけど。

その後、剣谷家具からはなにもないまま、二週間ほどが過ぎた。

## 6

剣谷社長から電話がかかってきたのは、四月も間近なころだった。最初に受けたのは丹羽さんで、所長の不在を伝えたが、わたしを指名された。

「またやられたんですわ、ネットの書きこみ。今度は転職サイトじゃなくＳＮＳで」

うんざりした声が受話口から聞こえる。

「例の育休のことですか？　内容が誰かのＳＮＳに転載されたのでしょうか」

わたしの質問に、それが、と剣谷社長は苦笑を含んだように言う。

「なんと巻きこまれ事故ですわ」

「どういうことですか」

書きこみをしたのは別の家具製造メーカーの従業員だという。男性の育休制度についての嘆きだが、剣谷家具とは逆のケースで、育休を取った同僚がいるために忙しくなったと愚痴っているらしい。

剣谷社長が該当のSNS——Twitterのアカウントを教えてくれた。

どうやらその会社では引き継ぎがうまくなされていなかったようだ。聞いていない仕事があった、今日も突然仕事が降ってきた、また残業だ、ここから逃げたい、とぼやきが続く。

そんなぼやきのなかに、剣谷家具の名前が出たのだ。

——剣谷家具は男性の育休を認めなかったらしい。剣だけに侍っぽいねー。うちもばっさり切り捨ててくれればよかったのに。あーあー、そっちで雇ってくんないかな。

「……これはこの方が、転職サイトの情報を見たということでしょうか」

「どうやらそうみたいですわ。遡《さかのぼ》って発言を読んだら、同業他社の転職先を探していたのか、そんなようなことが書かれててね。アタシんとこは工房の職人以外、中途も新卒も今、採ってないのに。いや採ってたにしても、自分の職場のことをぐちぐちとネットに垂れ流すやつなど、絶対にお断りですわ」

剣谷社長は頑固だし人の話を聞かないし、とあまり良い印象を持っていなかったが、これはさすがに同情する。突然、空から矢が降ってきたようなものだ。自分の主張をしたり不満を解消したりするために、関係のないものを引き合いに出すとは。

だけどどうすればいいだろう。相手に連絡してみるとしても、どんな反応を示してくるか。下手に怒らせるようなことをしてはいけないし。

「こちらは三日前の発言ですね。幸い、RT《リツイート》、つまり拡散の数はそれほど多くないようですが、エゴサーチかなにかでお気づきになったんですか」

まずはと訊ねてみる。

「いや、向こうから連絡が来たんだわ。迷惑をかけるんじゃないかってねえ」

「向こう?」

「元崎《もとさき》家具というんだが、別の発言に添えられた写真の家具がそこのものでね。あそこのは特徴があるんだ。それもあって誰がやったのかと社内で噂になっていたらしいですわ」

「じゃあどなたがこれを書いたか、特定されているんですか」

ほっとした。それならその元崎家具のほうで注意をして、すぐに消されるだろう。

「そこまでは知らないが、向こうで対処してくれるそうだ。しかしこの発言を見てみなさいよ。やっぱり男の育休は、まわりの従業員に歓迎されていないじゃないの。そりゃあそうだよ。ほかにしわ寄せが来るんだから、当然の反応だわねえ。政府の方針だかなんだか知らないけど、推し進めればいいってものじゃないんだよ」

剣谷社長は次第に、どこか満足げな、納得がいったような声になっていく。

そっち？　拡散されたら大変だと思って電話をかけてきたんじゃないの？

「でもこの方の発言を読むに、仕事の引き継ぎに不備があったようですよ。どんな制度も運用次第ですから」

「たとえばだよ、五人でやっていた仕事を四人でやるとなる。そうすると引き継がれた人の仕事は一・二五倍になるわけだ。これはキツイだろう。そりゃあ愚痴りたくも……いや、ネットにぶちまけるのはよくない。よくないが、酒の肴にでもして憂さ晴らしをしたくなるだろう」

その酒の肴にして憂さ晴らしというのが、このご時世でできないせいもあって、ストレスを解消したい人の一部がネットに流れてるんですが。そこ、理解してるのかなあ。

「ただ剣谷社長、今のままだと同じようなことが起きかねませんよ。教えていただいたTwitterの発言は、たぶん遠からず削除されるでしょうけど、あまり安心なさらないほうが」

「いや、これが世間の目だよ。普通はそう思うものだわ。よくわかったでしょう。それもあって、朝倉先生にも伝えておこうと思ってね。あんまり規則規則、言わないほうがいいんじゃないかね。できる会社はやればいい、けど、できない会社は無理をしない。それが一番ですわ」

山田先生にもことづてておいて、と念を押されて電話が切られた。

どうしてそうなるんだ。変な自信を持っちゃったじゃないか。

ついため息が出た。丹羽さんと素子さんが不安げな表情でこちらを見てきた。

「だいじょうぶ？　あの育休申請を拒否した会社だよね。だいたいの話は聞いてるけど」

素子さんに訊ねられる。

「はい。育休拒否の件が別のルートでSNSに上がったようです。Twitterです。大きく拡散される前に消されると思われますが」

「ふうん。そういやこのあいだ所長に聞いたんだけど、男性の育休の期間って、短い企業が大半らしいね。データでも、五日や二週間しか取ってないところが多いって」

丹羽さんも話に加わってくる。

「それ、切り方が半端な気がするわね」

素子さんが首をひねった。わたしは答える。

「助成金の関係だと思います。中小企業は五日以上、大企業は十四日以上休業すれば下りるんですよ。逆に言うと、ギリギリしか取らせてないってことなんでしょうね」

「そんなの、盲腸で入院しても終わる日数じゃない。腹腔鏡手術なら五日ぐらいで、おなかを切るならもうちょっとかかるんだっけ。病気なら堂々と休めるのに、育児休業だと肩身の狭い思いをしなきゃいけないって、なんでなんだろうね」

「さすがに堂々と休んではいないと思うわよ」

丹羽さんの言葉に、素子さんがつっこんで笑う。

ただ、病気なら無理にでも休めるのであれば、調整できなくはないはずだ。予定して休むのだから引き継ぎもできるし、突然病気になられるよりずっとマシだろうに。

「なぜかは会社によっていろいろだと思いますが、究極のところ、本人が出産してるわけじゃないからでは」

剣谷社長などは完全にひとりごとだ。

「でも産んだほうは盲腸どころじゃないわよ」

素子さんが眉尻を上げげた。

「そうそう。妊娠は病気じゃないってよく言われるけど、お産は自然分娩でも大怪我なみだよ。内臓ガタガタで骨盤ギシギシ、全身がボロボロ。そんな満身創痍《まんしんそうい》の状態で、数時間おきに授乳。目を離したら死ぬ生き物を相手にするんだよ。ひとりでやるのは相当キツいって。あたしは里帰り出産だったから親に頼ったけど、それでもゾンビ状態だったね」

丹羽さんが目を見開きながら瞳だけ上を向け、ゾンビの真似なのか怖い表情で言う。笑いながら、同じく、と素子さんが何度もうなずいた。

加瀬さんのところは実家のサポートを受けられないと聞いた。想像するだに大変そうだ。残業なしだけで乗り切れるものなんだろうか。いや、それさえも保証されていないなんて。

「今度それ、剣谷社長にぶつけてみます。わたしじゃ説得力ないかもしれないけど」

「うん、がんばってね」

素子さんが小さく握りこぶしを作る。丹羽さんは人さし指を立ててくる。

「説得力は演技力だからね。ヒナコちゃんに経験がなくても友達の話に置きかえればいい。こんなに死にそうな顔してたって言ってさ。ほらあたしを見習いなさい」

「そんな演技力ないですよー」

「やるまえから弱音を吐かない。……あ、うしろにゾンビがいる」

丹羽さんの視線がふいに、わたしの背後へと向いた。そんなバカなと思うまえに、つい振り向いてしまった。素子さんが噴きだす。

「いいねえ。ヒナコちゃんのそういうとこ好きだわ」

丹羽さんはニヤニヤしている。

「もう、からかわないでくださいよ。丹羽さんの話を真に受けるんじゃなかった」

だけどそのぐらいしないと、耳を傾けてくれないのかもしれない。凝り固まった考えを変えるのは正攻法では無理だ。

**7**

その週末、美々からの再三の呼びだしを受けて、またデパートで服を選ばされることになった。春のスーツをと言われたものの、正直、最近の春と秋は短かすぎて、冬物と夏物だけで事が足りてしまう。

「なにその枯れた感覚は。春だー、四月だー、明るい色の服を着たいー。なんておしゃれごころはないわけ？」

美々が呆れたように目を見開く。

「だって出かける先がクライアントの会社ぐらいなんだもん。着飾る必要を感じないし」

「うっわー、やばいやばい。枯れたを通り越して乾いてる。これは新しい服を買って水をあげないと」

「またそんなこと言って。わかってるよ。売り上げがキツいんでしょう。卒業式や入学式用の服もあまり売れなかったんじゃない？　出席する保護者の人数を減らしてるってニュースで言ってたし」

そう言うと、美々が睨んできた。

「わかってるなら協力してよ。ほらそこ、見て。各ブランドの服を着せたマネキンが競うように置いてあるけど、もとはブランドがひとつ入ってた場所なの。撤退しちゃったわけ。緊急事態宣言の間、財布のひもを締めた人が多くてさ。解除されても一気に買ってくれるわけじゃなし。あと通販の楽さに目覚めたりとかもあるかな。……まあ、そんな通販にあたし自身も関わる羽目になってるんだけど」

マネキンの着ている服の皺を直しながら、美々が言う。

「通販？　また異動するの？」

「しないしない。ほら、育休取ってる社員がいるって言ったじゃない。その人が関わってた仕事の一部だったの。なにか新しいアイディアはないかって求められててね」

「デパートの通販って、お歳暮やお中元といった贈答品関係？」

「古いなあ。ってゆーか、雛子、安いショップしか見てないの？　うちのオンラインショップにはなんでもあるよ。ほかのデパートもたいていそうだよ。それぞれのデパートがセレクトした商品、という謳い文句が売りなわけ。……まあそれだけに値段が張るから、みんなアウトレットのほうに流れるんだけどさあ」

おまえもそうだったかー、と言わんばかりの表情で、美々がため息をつく。

「じゃあアイディアってどういうの？　値段じゃ対抗できないじゃない」

「ニッチなところを狙うか、企画もの、ブランドコラボとか、うーん、そのどういうの、っていうのを考えるんだって」

ニッチなところねえ、と首をひねり、ふと思いだした。

「子供用品に特化した通販ってのは？　わたしも最近、そういうのがあるって知ったんだけど。エンジェルなんとかっていう」

「エンジェルリリー」

「そうそれ」

「ベビー向けでは最大手。有名だよ。バックに人材派遣会社がついてる」

「へえ。そこ、結びつくの？」

人材派遣会社ってなんにでも手を出すなあ、と思いながら訊ねた。

「その派遣会社、保育士も派遣してるし、保育所も持ってたと思う。エンジェルリリーは品物の販売だけじゃなく会員の交流ページもあって定着率が高いせいか、なかなか対抗できないんだよね。最近あったビジネスセミナーでそこの社長の講演を聞いたよ。小《お》川礼美《がわあやみ》さんっていって豪快な人だった」

「そうなんだ。小川社長、か」

美々が参加したのは、加瀬さんがドタキャンし、先輩の岩野さんが仕事をもぎ取ってきたというセミナーと同じものだろうか。

「もとはファッションの業界にいた人で、ふたり目の子供を産んだあとに派遣会社に引っぱられてエンジェルリリーの立ち上げに関わってそのまま社長になった人。時流をつかめとか、時間の使い方を工夫しろとか、そういう話。即断即決がモットーとか言ってたかな」

「がしがし進むタイプの人なんだね」

そんな有名な通販の商品のひとつに入れてもらえたということは、たしかに大きな契約なのだろう。

わたしが仕事のことを考えている間に、美々はひとつのマネキンの腕をつかんでいた。

「そういうわけで雛子も即断即決、これ、どう?」

「いきなり話がそこに飛ぶ?　ニッチな通販の話じゃなかったっけ」

「飛んでない。戻っただけだって」

「別な方向で美々に協力したいなあ。エンジェルリリーのその会員の交流ページを真似るというのはどう?」

わたしはスマホを出して該当のサイトを検索した。

「うーん、デパートで扱う商品は多岐に渡るし、お客さんが交流するかねえ」

渋い顔をする美々をよそに、エンジェルリリーを探し当てた。ついでにと、剣谷家具をサイト内検索の窓に入れる。

出てこなかった。

「……おかしいなあ。三月末からって言ってたのに。ちょっと面白い積み木を教えてもらったんだよね」

「なんの話？　いいよもうエンジェルリリーは。それより春のスーツ。なんなら靴はどう？　それなら絶対に要るよね。歩きやすくて疲れない靴。お勧めがいろいろあるんだ」

美々がにんまりと笑った。


剣谷社長から再度の電話がかかってきたのは、週が明けたばかりの昼どきだった。所長は食事に出かけているだけなのでもうすぐ戻ると伝えたが、すぐに済むからとにかく話をさせろと言ってきかない。

「え？　育休の手続きですか？」

思わず耳を疑った。加瀬さんの育休だろうか。それとも誰か女性社員が育休に入るのだろうか。……いや。だったら産休もセットのはずだ。

「調べたんですがね、男は最低五日でいいんですよねえ？　給与は払わなくていいと」

助成金狙いということだろうか。

「たしかに御社の場合は五日以上の育児休業を与えた場合に助成金の申請ができますが、加瀬さんの状況から考えるともう少し長い日数を予定なさったほうがいいのではないでしょうか」

「それは本人と詰めるから。ともかくアタシんとこは男性に育休を与えていると、それはどういう形でなら公言できるんですか。訊きたいのはそこですわ」

「公言ですか？」

アピールが目的？

「実際に取得なされば問題ないと思いますが……」

「生まれてないので取得もなにもないでしょ。とにかく既成事実がほしい、そういうことですわ」

剣谷社長が焦ったような声で言う。

なにがあったのだろう。いきなり方向転換したうえに、ここまで慌てているとは。

「そうですねえ。たとえばですが、加瀬さんが受け持っている取引先に、いついつごろから育児休業で不在なのでその間のご連絡は誰々にお願いしますといった通知をする、というのはどうでしょう。それなら予定でも公言しているようなものですが」

しばしの沈黙があった。

「……なるほど。たしかにそうすればいい」

「剣谷社長、さきほども申しました期間の件ですが――」

「だからそれは本人と詰めますわ。じゃあ」

電話が切られた。

わたしは受話器を見つめたが、そこに答えが書いてあるわけはない。いったいどうなっているんだろう。

十分後に所長が戻ってきた。加瀬さんの育休が急遽認められることになったと伝えると、目を丸くして驚いていた。

「でもどういうきっかけでそう決めたのか、さっぱりわからないんです」

「剣谷社長はなにも言わなかったの？」

「はい。育休を与えることを公言したい、その方法はないかと、その一点にこだわっていました。わたしとしては最低ラインの五日ではなく、もう少し長く与えてほしいとお勧めしたかったんですが、本人と詰めるとしか」

ふうん、と所長が首をひねる。

「事情、訊いておくよ。状況によっては一件落着とはいかないかもしれないしね」

「お願いします」

そのままほかの会社の仕事を進めることにした。所長もほかの仕事を進めながら、ときおり電話をかけていた。だが剣谷社長はつかまらなかったようだ。所長がわたしのデスクのそばまでやってきて、申し訳ないと言う。

「明日は僕は対応できそうにないんだけど、お願いできるかな」

「わかりました。わたしが明日、電話してみます」

「巻きこんで申し訳ないね。よろしく頼むよ」

「だいじょうぶです。靴の分、がんばって働かないと」

「靴？」

所長が不思議そうな顔をした。靴は通販じゃだめだ、履いて試さないと、という美々の口車に乗せられて結局買わされてしまったのだ。たしかに細々とサイズを測って選んだ靴は包み込むように足にフィットして、即断即決とまではいかないが財布を出してしまった。予算を超えていたけれど。

「なんでもないです。百貨店勤めの友人に協力しただけで……」

そういえばあのとき、とわたしは思いだした。続きを口にする。

「もしかしたら、外圧じゃあ」

「外圧って？」

スマホを取りだして履歴からエンジェルリリーを表示し、検索する。剣谷家具の取り扱いはまだない。

「いつだったかお見せしたチラシの積み木、あれをこの通販会社、エンジェルリリーで扱ってもらうという話だったんです。三月末にはスタートしていると聞いたのにヒットしません」

「うん、それが？」

「ここの社長、小川さんという、お子さんをふたりお持ちの女性なんです。もし育休がすげなく拒否されたことを知ったら、いい気持ちはしないんじゃないでしょうか。該当の男性に育休を取らせないと取引はしない、そんなふうに剣谷家具に迫ったのだとしたら。素子さんも丹羽さんも剣谷社長には怒っていたし、その可能性はあると思います」

わたしの差しだすスマホの画面を見ながら、所長が首をひねる。

「他社の人事が影響されるほど大きな会社なの？　ここ」

「ベビー向けの通販サイトでは最大手だそうです。その百貨店勤めの友人によると、バックについてる人材派遣会社では保育士の派遣もしていて、保育所も持っているそうです。そうだ、会員の交流ページもあると聞きました。転職サイトより、直接の顧客の口コミのほうが影響が大きそうだと思いませんか？」

「なるほどねえ。それはあり得るかもしれないね」

# 8

そして、読みは当たっていた。

「正直、腹立たしいですわ。加瀬が転職サイトに愚痴り、それがTwitterに載せられたせいで小川社長に知られることになりましてねえ。ベビー用品を扱っておきながらとさんざん嫌みを言われて、穴井とアタシが平身低頭してなんとか契約破棄をまぬかれた次第で」

翌日になってやっとつながった電話で、剣谷社長がぼやく。

ちなみに例のTwitterの投稿はすでに削除されている。けれどそのまえに目ざとく見つけた人がいたというわけだ。情報が、最も届いてほしくないところに届いてしまった。

「転職サイトの件、加瀬さんは否定されていますが」

「嘘に決まっているわ。それにもしかしたら、小川社長に直接訴えたのかもしれない。僕はこんな目に遭ってるんですよってねえ。うまく味方につけたもんだわ、まったく」

「でも担当は別の方ですよね。岩野さんだとうかがいましたが」

「いや。今は加瀬なんだわ。岩野から加瀬に代わった」

「加瀬さんに？　どうしてですか」

「……もともとは加瀬が営業をかけていた先でね。それに岩野はダメだわ」

ええ？　と声をあげそうになった。あれだけ優秀だ優秀だと褒めていたのに、どういうことだろう。

「なにかあったんですか」

「ヘッドハンティングをされたそうですわ。それにほいほいと乗った。まったく。今この、人手のなくなる最中に。最近の若者は、って言いたいですわ。いやあ、これ言っても責められないよねえ」

「ヘッドハンティング。同じ業界にですか」

「いや広告代理店だそうですわ。ワイン会だかなにかで知り合った会社の重役に気に入られたとかでね。このご時世にワイン会とはまた、どういう神経だか」

どうせ小さい会社だろう、なにが広告代理店だ、と剣谷社長が電話の向こうでぶつくさ言っている。

たしかに相手の会社の規模はわからない。でも岩野さんは自分を高く売ることに成功したというわけだ。剣谷社長が推奨したように、さまざまな場に顔を出して人とのつながりを作って。

わたしは、のんきそうな穴井部長に呆れる岩野さんの姿を思いだしていた。スケジュールの変更があればすかさず別件を入れ、使い終わったトレイをさっと片づけていく。

きびきびと仕事を遂行する彼のようすが、ヘッドハンティングという言葉と容易に結びつく。高そうな腕時計や細身のスーツを身に着けた、スマートな雰囲気の人だった。それから――

「剣谷社長、以前加瀬さんの育休についておっしゃったことを覚えていますか」

「なんだねいったい。……ああ、人員の話かね。ほかから人を回してなんとか調整するしかないわ。アタシ自らも動く。昔取った杵柄ですわ」

それができるなら最初から、と思ってしまうがその件じゃない。

「いいえ。誰が転職サイトに書きこんだかわかったら育休をやってもいいとおっしゃったことです」

「ん？　育休はやることになったわなあ」

「はい。ただ加瀬さんはご実家にサポートを望めないということなので、最低でも一ヵ月、育児休業を取らせてあげてくださいとお願いしたいのです」

「……それは、どいつが書きこんだか、わかったという意味なのかね」

その人と直接話をする場を作ってください、剣谷社長にそう依頼した。

以前、加瀬さんと会った会議室で、剣谷社長とふたりで待つ。今日も換気の窓は大きく開けられていた。剣谷社長はまだ納得できないという表情だ。

ノックの音がして、扉が開かれた。

わたしを見て、岩野さんは不審そうに問うてくる。

「たしか社労士さんでしたよね。総務の子ではなく、あなたが退職の手続きをしてくださるということですか？　えーっと、健康保険証を返すのは最終日ですよね」

「いえ、ちょっとおたずねしたいことがあったんです」

わたしがまっすぐに見つめると、岩野さんも居住まいを正した。

「噂で聞いていらっしゃるかもしれませんが、剣谷家具さんの情報が社員からの書きこみという形で転職サイトに載っているそうです。男性の育休申請が認められないと」

「ええ。知ってますよ、加瀬の件でしょう。中小企業は仕方がないですよ。仕事を代わってあげられる人がいないのだから」

「でも岩野さんはお辞めになる」

わたしがそう言うと、岩野さんが鼻白《はなじろ》んだ。

「いやあ、まあ、責められても仕方ないですが、私にも私の人生がありますので。私を高く買ってくれた人がいた、その話に乗りたいと思うのは男のロマンじゃないですか」

剣谷社長は不機嫌そうにうなったが、それ以上なにも言わずに黙っている。

「タイミングが悪くて申し訳ないと、加瀬には謝りましたよ。でも加瀬にしても、休み、取れることになったんでしょう？　よかったじゃないですか。ネットに暴露した甲斐がありましたね」

岩野さんが淡々と言う。

「その件は、加瀬さんは否定しています。また、暴露をしたいなら転職サイトではなく匿名掲示板にでも書くとご本人は言っていて、わたしもそのとおりだと思います。暴露という行為にはそちらのほうがふさわしい」

「でも結局、転職サイトから Twitter だったかに情報が流れて、小川社長の知るところとなったわけでしょう。同じじゃないですか」

「違いますよ、それは結果です。情報が伝わると予想することはできない。……転職サイトに書きこまれた理由を、わたしも剣谷社長も、なぜだろう、謎だ、と疑問に思っていました。でもその理由はごく単純でした」

「単純？」

「転職情報を得るために今勤めている会社の情報を渡した、それだけのことだったんです。あのサイトは、良いところと悪いところ、両方を書く仕組みになっていたから」

少し考えてから、岩野さんが答えた。

「……なるほど。加瀬は転職を考えていたのか。まあ、がんばっているけど営業成績は頭打ちだし、ここはひとつ、立つ舞台を変えたいと思ったのかな」

「加瀬さんは転職そのものも書きこみも両方否定しました。転職を考えていたのは、そして実行に移したのは、岩野さん、あなたですよね。三十代男性で営業職。あなたが書いたのではないですか」

はあ？　と岩野さんが眉をひそめる。

「たしかに私は転職しますが、ヘッドハンティングをされて、です。結果から考えているのはそっちじゃないですか」

「最終的にヘッドハンティングで決まったにせよ、転職を考えていたことはたしかですよね」

「いやいや。エンジェルリリーという大きな契約を決めてきたばかりですよ」

「それはそのまま転職時のご自身の価値を高められますよね」

「ずいぶん一方的に決めつけてますけど、どうしてそんなこと言えるんですか」

「本社が飛驒に移転するという噂です」

「えっ？」

と大きな声を出したのは剣谷社長のほうだ。わたしの言葉を奪うように問う。

「なぜそれで？　たしかに岩野は都会的というか、恰好もしゃれたものが好きだが」

剣谷社長が岩野さんのスーツに目をやる。先日のスーツとは別のものだが、肩幅が合い変に寄った皺もなく、全体にすっきりとしている。

「いまどきどの地域に住んでいてもこのぐらいのものは買えるでしょう。ないなら大都市まで出てくればいい」

岩野さんが小さく顔を横に振る。わたしは訊ねた。

「一昨年の夏、社員のみなさんで工房のある飛驒に行かれたんですよね？　どう思われました？」

「自然が豊かでのんびりしたところですね。悪くないんじゃないですか」

「でも虫がいますね」

岩野さんの表情が固まる。

「この間、向かいのカフェで岩野さんと穴井部長とお会いしましたよね。あのあとわたし、おふたりが交差点で信号待ちをしているところを中から眺めていました。突然、虫が飛んできて、岩野さんは驚いてのけぞってましたね。ガラス越しでもわかるほど顔が赤くなって。苦手なんじゃないですか」

「……そうでした？　顔の近くにでも来ただけでしょう。別に平気ですよ」

「そうですか。じゃあ飛驒に移転してもかまわないと？」

「営業的にどうかとは感じますよ。現在の取引先、新規の取引先、と商売を広げていくうえではね。でも輸入家具ではなく飛驒の家具に特化していくならそれはそれでブランドだし。…………あの、あなた、私の話、聞いていますか？」

「すみません、今、蛾が」

わたしは視線を、開けられた窓へとやっていた。そのままゆっくりと、出入り口の扉のほうに顔を向ける。横目で窺うと、岩野さんはその方向を見ないようにしていた。顔が赤らんでいる。

「扉に」

わたしはつぶやく。

岩野さんが身を縮めている。赤い額には次々に汗が浮かんでくる。

剣谷社長が立ちあがった。扉のそばまで行ってから、岩野さんに声をかける。

「こちらを見なさいよ。蛾などいない」

「え」

「そんなに苦手なのか。そういえば思い出したわ。一昨年のその社員旅行、きみは胃の調子が悪いと言ってBBQに参加しなかったね」

そう言いながら、剣谷社長が戻ってくる。

「……騙したんですか」

岩野さんが、恨みがましい目を向けてきた。

「すみません。けれど岩野さん、蛾がいると、そうほのめかしただけで今の反応です。本社が飛驒に移転するなら、もうこちらの会社にはいられないと思ったのではないですか」

わたしの問いに、岩野さんは、ふうう、と長いため息をついた。顔色が戻っている。

「名古屋や大阪ならかまいません。東京にだって虫はいる。だけど山の近くなど無理です。蛇まで見てしまったんだ。吐きそうになった」

「飛騨への移転の噂が出たのはこの間の夏でしたね。感染が収まっていた秋にはいったん消えたけれど、冬には再燃したとうかがいました」

「たしかにそのころから動きはじめました。いろんなところに顔をつないで、転職情報も探して。………………書きこみも私です」

「自分が書いたとバレるのが嫌で、加瀬のふりをしたのかね」

剣谷社長が険しい顔で問う。

「……ふりという……わけでは。事実を書いただけというか、転職の理由になりそうな悪い点を探していたときに、つい耳に入って。ただそれだけのことで」

マスクの下、岩野さんがぼそぼそと言う。

わたしは書きこみの内容を思いだしていた。

——育児休業を申請したが男性は無理だと断られた。全体に体育会系。考え方や体質の古さを感じる。

育児休業を申請したが男性は無理だと断られた——人もいる。

とまで書かれていれば「事実の伝聞」だけど、あれでは加瀬さんのふりだ。言い訳なのか、そういうことにしておきたいのか。

どちらだとしても、さんざん疑われた加瀬さんはどうなるのだ。

そう思って、つい、口にしてしまった。

「マスコットの方の存在が大きかったんじゃないですか」

「マスコット？」

剣谷社長がおうむ返しに問う。

「加瀬さんと結婚したあっちゃんとおっしゃる方は営業部でマスコット的に扱われていたと、穴井部長からうかがいました。よくない扱いだと思いますが、かわいがりたいという以上の感情を持つ方もいたのでしょう。つまり、ある種の好意を持っていた、と」

「は。女を取られた嫉妬かね」

吐き捨てるように、剣谷社長が言った。

岩野さんが呆れたように冷たい目を向けている。鼻で嗤《わら》った。

「嫉妬？　冗談じゃない。彼女はマスコットといえばマスコットだが、愛嬌があるだけのただの子供だ。加瀬も趣味が悪い。変な勘繰りはごめんですよ」

剣谷社長に向けていたのと同じ、軽蔑の混じった目で、岩野さんはわたしを見てくる。

勘違いだったのか。マスコット的な存在にされていたと聞いたし、岩野さんは婚活中だが三振ばかりだというので、もしかしたら三角関係にでもなったのかと思ったけれど。でも、だったらなぜわざわざ加瀬さんのことを書いたんだろう。体育会系だとか、考え方や体質の古さを感じたりといった部分を、膨らませればいいだけなのに。

計画を立てて物事を進めるのが得意な人が、なんの作為もなく、耳に入ったからという理由だけで書くだろうか。

計画を立てて。ひとつずつことを進めて。

「……もしかして嫉妬した相手は、加瀬さん？」

岩野さんがすっと目を逸らす。

「剣谷社長も穴井部長も岩野さんのことを優秀だと褒めていたし、岩野さんもご自身をそう思っているのではないですか。きっちり計画を立てて実行することも得意ですし。そんな岩野さんでも、人生のパートナーには出会えていない。先日、遂行してこその計画とおっしゃってましたが、相手のある話だから簡単にはいきませんしね。一方の加瀬さん。岩野さんから見ての加瀬さんは、がんばっているけど営業成績は頭打ちとの評価で、ご自分のほうが上だと思っていそうです。歳も加瀬さんのほうが下ですし。なのに加瀬さんは岩野さんより先に結婚し、子供も生まれようとしている。あまつさえ育休を取りたいと」

黙ったままの岩野さんの顔が、再び赤らんでいく。

「加瀬さんはまるで人生ゲーム……ボードゲームの人生ゲームのコマを着実に進めていくかのようです。そんな方がそばにいるのは——」

うるさい、と岩野さんが声を荒らげた。

「計画通りにいかないのは私の理想が高いから、それだけだ！　中途半端で満足している加瀬とは違う！　比べるな！」

「そうですね。……言いすぎました」

わたしは頭を下げる。岩野さんの理想はわからないけれど、加瀬さんを中途半端と見ているだけでじゅうぶんに嫉妬している。相手を貶めることで自分を納得させているのだし、見下げているからこそ、癪《しゃく》に障ったのだ。岩野さんが欲しいのはパートナーじゃない。もちろんあっちゃんでもない。計画を遂行している、人生ゲームのコマを先へ先へと進めていく自分自身だ。

ああ、と剣谷社長が手で制してくる。

「もういい。ここから先はうちと岩野の問題だわ。けどね、つねづね思ってるけどアタシには人の適性を見抜く目があるの。岩野は、うちの仕事は中途半端だと考えてるわけだわね。そんな岩野はうちへの適性はないわ」

たしかにこれ以上、追及しても仕方がない。書きこみをしたのは岩野さん、それがわかれば会社としてはじゅうぶんなのだから。

でも剣谷社長、ホントに見抜く目、あるんですか？

# 9

「えー？　そいつ、こてんぱんにやっつけられてほしかったけどなー」

丹羽さんが物騒なことを言う。そういう仕事じゃないですから。

報告を聞いていた所長が、微妙な表情をしていた。わたしは頭を下げる。

「……ついカッとなって責めるような形になってしまいました。なに卑怯な言い訳してるんだよ、って思っちゃって。すみません」

もっと冷静にならないと、とわたしは身を縮める。

所長が、うん、とうなずいた。

「剣谷社長からも電話をもらったよ。岩野さんには、こちらから三行半《みくだりはん》をつきつけてやるとね。ただ、今回は転職で縁が切れてしまうので、互いの感情がぎくしゃくしていても流れていくけれど、攻撃した人も攻撃された人も会社に居続ける場合がある。すべてをつまびらかにしたほうがいいのか、蓋をしたままのほうがいいのか、どこで納得し合うかはむずかしいところだね」

本当に悩ましい。非を認めたくない人にどうやって接したらいいんだろう。

「でもその岩野って人の逃げ得は、やっぱり許せない」

丹羽さんはまだ憤懣《ふんまん》やるかたないようすだ。

「仕事では逃げられましたけど、責任は逃げ切れるかどうかわかりませんよ。剣谷社長、会社をくさしたことの賠償を負わせられないか調べるみたいです。……もっとも、最初は育休を認めなかった、というのは事実なわけですが」

結局、加瀬さんの育休は一ヵ月まで認めさせた。剣谷社長のけしかけた賭けに勝ったこともあるけれど、ほかにも提案をしたのだ。男性の育休に取り組んでいると会社のサイトに載せましょう、落ち着いたあとでいいので体験談も書いてもらいましょう、育休中のようすをSNSなどで発信するのはどうですか、いえ本人じゃなくて同僚の取り組みをです、いい宣伝になりますよ、エンジェルリリーの口コミでも好評を得られるかも、などと、美々から得たアイディアを流用させてもらった。

ネットもSNSも敵じゃない。いい情報は共有しないと。

丹羽さんから得たテクニックも使わせてもらった。演技力、それなりにあったんじゃないだろうか。

そういえば、と所長が思いだしたように言う。

「あんなわざとらしい芝居にひっかかるなんて、岩野が転職先で成功できるわけがない。

剣谷社長がそう言っていたんだけど……朝倉さん、なにをやったんですか?」

いやあ、と笑うしかなかった。あれ、自分としてはがんばったつもりなんですが。


二ヵ月後の六月九日。育児・介護休業法が改正され、男性の育児休業に関しても動きがあった。申し出から取得までの期限が短縮されたり、分割で取れたり、上司から制度を利用するかどうかの声掛けをしなくてはいけないなんてものまである。施行は来年、二〇二二年からのものが多いが、世の中、少しずつでも進んでいるんだろう。

その直後の週末、今度は夏物のスーツを買えと美々から呼びだされたデパートで、穴井部長とばったり出くわした。

「やあ、これはまたおひさしぶりですね。お元気ですか」

片手をあげ、穴井部長は笑顔で寄ってくる。

「ご無沙汰しております。エンジェルリリーで取り扱っている積み木、いかがですか」

わたしはあたりさわりなく挨拶を交わす。もともとの担当でないこともあって、詳しくは知らないのだ。

穴井部長は目を細めて笑う。

「ありがとう。新たに出した子供向けの家具も順調で、いい感じに伸びてますよ」

そうなんだ、とほっとした。クライアントが儲かっていないと、うちとしても困るのだ。

「ご担当は加瀬さんですよね。今、どうなさってますか？」

「加瀬は育児休業から復帰しました。私もですが、周りがフォローして残業は抑えさせています。加瀬もそのぶん、二倍速くらいで働いてますよ」

では、とにこやかに礼をして、穴井部長が去っていく。

穴井部長はそばに、わたしと同年代ぐらいの女性を連れていた。ふっくらとしたおなかは穴井部長のウエストより大きい。

あれから二ヵ月しか経っていない。穴井部長とカフェで話をしたときからなら三ヵ月といったところ。三ヵ月であのおなかの大きさは怪しいなあと思ったけれど、誰に報告するものでもない。加瀬さんの残業も少なくしてくれているようだし。

加瀬さんのためだけじゃなく、自分のためもあって穴井部長はフォローをしている。周りもそれを見て動いている。

穴井部長が育休を取得するときには、加瀬さんはきっとガンガンに仕事をしてくれるだろう。たぶんそのうちに、その次の人も出るだろう。

わたしはチラシで見た積み木の写真を思いだす。端材で作ったさまざまなカケラだ。ひとりひとりはカケラでも、組み合わされば大きな形になっていく。

世の中は勝手に進んでいくわけじゃない。ひとりひとりが進めていくんだ。一番いい方法を、みんなで一緒に探しながら。

# 解説

藤田香織

まずはひとつ質問を。もしも今、「職場に対する不満はありますか?」と訊かれたら、あなたはどう応えますか?

テレビの街頭インタビューなどを想定すると体裁もあるだろうから、匿名のアンケートだと仮定しよう。給料が安い、休みが少ない、拘束時間が長い、嫌いな上司や同僚がいる。希望していた業務じゃない、正当に評価されていない、社内の設備や環境が悪い、単純に空気が悪い。おそらく、「不満は特にない」と応える人はごくごく稀なはず。

かくいう私も、経験した約十年の会社員生活の日々には、いつだって不満はあった。芸能音楽関係の仕事をしていたので、出社時間は朝の十時〜十一時と遅く、給与も賞与も悪くなく、ある程度の経費も認められ、仕事内容も望んだ職種で、と、今思えば信じ難い好条件だったにもかかわらず、毎日のように「あー、もうヤだ!」と口にし、ちょっとしたことでイライラし、辞めたい辞めたいと思い、後先も考えず本当に辞めて、十年の間に二回転職した。セクハラ、パワハラ、モラハラなんて当たり前の時代で、仕事関係の宴会では、トイレで一回吐いてまた飲み、取引先の膝の上に座れと命じられ、帰宅は午前一時、二時なんてこともよくあった。生理休暇は取れる雰囲気ではなく、産休・育休を取る人は花形と呼ばれる部署からは外されていた。もちろん、男性の育休なんて誰も考えたことさえなかった。土日でも仕事の電話は鳴り、土足で歩いている会社の床で鞄を枕に寝たこともあった。二十年以上前のことなのに、いくらでも思い出せる。けれどその全てに、私は異議申し立てをすることなく、唯々諾々と従い、限界が来たら逃げ出すだけだった。友人や家族に愚痴っても、会社や上司と闘いはしなかった。どうせ負けると思っていたからだ。

今、匿名で思いを語ることができるSNSには、不満と不平と不服が溢れている。「納得いかない」「やってられない」気持ちを吐き出さずにはいられない人が溢れている。「これっておかしくない？」と言いたくて、だけどやっぱりリアル社会では言えなくて、共感や同意が欲しくて呟いてみれば、諭され貶《けな》され呆れられることもある。それで尚更、落ち込んだりするのもあるあるだ。

本書『希望のカケラ　社労士のヒナコ』が連なるシリーズは、そんなやりきれなさを抱えて働く人々の鎧にもなり、刀にもなる物語である。

え？　そんな決まりがあるの⁉　あれってそういう意味だったんだ！　といった気付きがあり、それをきっかけに、だったらこう斬り込めるかも……といった職場で生き抜く戦術のヒントにもなる。なによりも、堅苦しくも小難しくもないのに、少しだけ自分が強くなれた気がするのがいい。別に闘わなくてもかまわないのだ。少しでも、闘える準備が自分にはある、と思えることが重要なのである。

まずはその概要を記しておこう。

『ひよっこ社労士のヒナコ』（二〇一七年文藝春秋→一九年文春文庫）、『きみの正義は社労士のヒナコ』（二〇一九年文藝春秋→二一年文春文庫）に続き、本書の主人公を務める朝倉雛子は、現在二十九歳。大学新卒時の就活が上手くいかず、派遣社員として各種手続きに追われる総務、労務、人事畑を渡り歩くうち、「社会保険労務士」なる国家資格があることを知って、正社員の道が開けるのではないかと勉強に励み、合格率一割以下、しかも一年に一度しかない試験を三度目にして根性で突破。二〇一七年の四月半ばから「やまだ社労士事務所」に勤めて丸三年が過ぎたところだ。

社労士＝社会保険労務士は、いわゆる八士業（弁護士、税理士、司法書士、行政書士、土地家屋調査士、弁理士、海事代理士、そして社会保険労務士）のひとつで、ヒナコ曰く〈労働や社会保険に関する専門家であり、おおざっぱに言うと会社の総務のお手伝いをしている〉。各種の社会保険や行政機関への申請書類をクライアントに代わって作成したり、労働管理の相談や指導を行う仕事である。

現在ヒナコが籍を置く「やまだ社労士事務所」は、五十代半ばにさしかかる山田所長と、共同経営者であり税理士の資格を持つ妻の素子さん、スーパー事務員の丹羽さんの四人態勢。山田夫妻にも丹羽さんにもふたりの子供がいる。入所当時は丹羽さんから「ヒヨコちゃん」と呼ばれていたヒナコも四年目ともなれば成長し、新たな目標が見えてきた。しかし、二〇二〇年。世の中は新型コロナウイルスの蔓延により、まったく予想もしていなかった事態へと突入。本書では、様々な給付金や助成金の煩雑な手続き関連で大忙しとなった「コロナ一年目」の夏から翌年へかけての約一年間が描かれていく。

収められているのは全五篇。

一話目の「そこは安息の地か」では、早速、「持続化給付金」「雇用調整助成金」「家賃支援給付金」「新型コロナウイルス感染症に関する母性健康管理措置による休暇取得支援助成金」といったコロナ禍の諸問題が扱われる。居酒屋とカフェをチェーン展開する屋敷コーポレーション屋敷専務の紹介で、ヘアサロン・リバティアヤナのオーナー角亜弥奈から雇用調整助成金の申請を代行して欲しいと依頼されたヒナコは、あることをきっかけに業務内容の不正に気付いてしまう。

続く「甘い誘惑」のクライアントは、店舗併設のカフェを持つパティスリー・キャベツ工房。「同一労働同一賃金」「パートタイム・有期雇用労働法」により正社員とパートやアルバイトとの待遇差解消の整備を依頼される。社労士ヒナコ的には「労働管理の相談や指導」の仕事だ。「甘い誘惑」に負けてしまった人物の問題を暴いていいものか、〈わたしの告発は、断罪じゃないだろうか〉と逡巡するヒナコが出した結論に、ヒヨコから脱した彼女の成長が感じられる。

　第三話「凪を望む」は、改めてコロナ禍の暮しというものを考えさせられる。耳慣れた「労災」＝「労働災害」のあまり知られていない規定も興味深いが、「食堂こまつ屋」の抱える切実な事情に胸が痛む。勤めていた海外リゾートウェディング会社が倒産し、店を手伝い始めたにもかかわらず、揚げ油で大火傷を負った娘。治療費や店の資金繰りを案じる娘婿。くも膜下出血のリハビリを懸命に続ける老店主とその理由。ヒナコでなくとも「どうすればいいんだろう」とため息を吐《つ》かずにはいられない。こんなことを「わかって」しまい、勇気を出して向き合えば「黙れ」「賢しらなことを言うな」と睨まれて、それでも親身になることなど自分にはとてもできそうにない。父としての、一家の大黒柱としての意地がありプライドがあり、ヒナコからも社労士としての責任と矜持が感じられる緊迫した場面だ。

　言われてみれば確かに、これもコロナ禍で増えたよね、と関心を抱いた「副業はユーチューバー」では、ぐっと身近になった「副業」について言及されている。なにを副業とするかは法律で決まっているわけではなく、会社の就業規則によって決められていて、ここでヒナコが担当する大洋堂文具では〈許可なくほかの会社等の業務に従事しないこと〉と曖昧にしか記されていなかったことから、会社側と覆面ユーチューバーの社員の認識差が浮き彫りになっていく。リモートワーク中の社員のようすを確認するためにログ管理ツールを導入するか否かという問題も根が深く、ヒナコが「告発者」の正体へたどり着いた推理も唸らされる。

表題作となっている「希望のカケラ」は、二〇二二年四月から段階的に施行がはじまった「育児・介護休業法」が改正される、ほんの少し前の話だ。イギリスのアンティーク家具の輸入と、飛騨にある天然木を使用した自社工房製品を扱う剣谷家具で、営業部の男性社員・加瀬が育児休業を取得したいと申請しているものの、社長の剣谷は頑として拒否。育児休業制度の概要は頭にあり、申請されれば与えなければいけない権利だとは分かっているが、与えなくてもたいした処罰にはならないことも知っていた。依頼は育休を取らない方向で加瀬を説得して欲しいという話で、ヒナコとしてはクライアントの希望であっても、それは受け入れ難い。自分が雇用者側の立場であれば、「正直、面倒な時代ですな」と嘆く剣谷の気持ちも、まぁわからなくはないし、上司や同僚でも迷惑だな、と思わないとは言い切れない。そこは人と環境による、と思ってしまう。しかし、それは違うのだ。「育児休業は個人の仕事ぶりで対応を変えるものではないし、休暇でもない」のだから。

前記したようにシリーズ第三弾となる本書だが、どこから読んでも差し支えはない。前二作を未読の方は、ここから遡ってみるもよし、既読の方も再読してみることで理解と納得が深まることもあるはず。ずっと読み継いできた読者にとっては、レギュラー登場しているヒナコの親友、遠田美々の弟・徹太が、バイトリーダー、バイト店長ときて、今回「そこは安息の地か」で、ついに屋敷コーポレーションの契約社員になったことが明かされているのも感慨深いだろう。「副業はユーチューバー」でちらりと触れられている「美空書店」については、前作『きみの正義は　社労士のヒナコ』の「わたしのための本を」に詳しく、書店が直面している厳しい現実が描かれているので、読書好きの方々は、ぜひ一読されたし。

作者である水生大海さんといえば、ドラマ化もされた「ランチ探偵」シリーズが、大枠でいえば本書と同じ仕事＋謎ときシリーズで、ここから水生作品を読み始めたという方も多いだろう。が、個人的な好みとしては、結婚詐欺に遭った主人公が、騙す側にまわり次々と悪事に手をそめていく『熱望』（二〇一三年文藝春秋→二〇年文春文庫）を挙げておきたい。ヒナコシリーズの読者にお勧めするにはどす黒い話ではあるけれど、そのふり幅を楽しんでもらえるのではないかと思う。

もちろん、次なる目標を定めたヒナコに、早くまた会いたいとも願っている。本書から「いきなり文庫」として更に身近な存在となったが、次作では、この後、多発した各種助成金詐欺を「やまだ社労士事務所」の面々はどう受け止めているのか（特に丹羽さんの弁が聞きたい！）が知りたい。『ひよっこ社労士のヒナコ』で、〈前に独立して出ていった〉と語られていた三好さんの病気は完治されたのかも気になっているし、屋敷コーポレーションの切れ者、五郎丸元店長及び元資材課係長がゴリゴリ復活した姿も見たい。本書の気になる存在としては、パティスリー・キャベツ工房の二代目、道下和雄社長がちょっと深掘りして欲しい人物だ。なんかこう、意外な一面がありそうな……。

クライアントである企業の側に立つことを前提にしながらも、従業員の気持ちに寄り添うヒナコも、やがて時が経てば自分が雇用者になる可能性がある。同じ法律や規則が、また違って見えることはあるのか。「ひとり休まれたらアウト」な状況に陥ってしまっても正しくあり続けられるのか。そうした揺れも読んでみたい。

そして何より、この世の中にあることさえ知らなかった武器の使い方を、またヒナコに教えて欲しい。飲み込んだ不満で胸を潰されることなく、世知辛い日々を生き抜くために。

（書評家）

〈参考文献・ウェブサイト〉

『新版　新・労働法実務相談』　労務行政研究所・編　労務行政
『ブラック企業VS問題社員』　堀下和紀、穴井隆二、渡邉直貴、木岡昌裕・著　労働新聞社
『男も育休って、あり？』　羽田共一・著　雷鳥社
「自治体担当者のためのカラス対策マニュアル」　環境省自然環境局

厚生労働省
https://www.mhlw.go.jp/
このほかにもさまざまな本や新聞記事、ウェブサイトを参考にさせていただきました。

〈謝辞〉

ＨＲプラス社会保険労務士法人の佐藤広一さまに監修のご協力をいただきました。この場を借りて深く御礼を申しあげます。なお、物語には脚色を加えておりますので、本書の記述内容に誤りがあった場合、その責任は著者にあります。

〈初出〉

「そこは安息の地か」　「オール讀物」二〇二一年七月号
「甘い誘惑」　「オール讀物」二〇二一年十一月号
「凪を望む」、「副業はユーチューバー」、「希望のカケラ」は書きおろしです。

DTP制作　エヴリ・シンク

法令やデータ、書類の名称などは、本書刊行時のものに基づきます。

文春文庫

希望《きぼう》のカケラ
社労士《しゃろうし》のヒナコ

定価はカバーに表示してあります

2023年1月10日　第1刷

著　者　水生大海《みずきひろみ》
発行者　大沼貴之
発行所　株式会社　文藝春秋

東京都千代田区紀尾井町3-23　〒102-8008
TEL　03・3265・1211(代)
文藝春秋ホームページ　http://www.bunshun.co.jp

落丁、乱丁本は、お手数ですが小社製作部宛お送り下さい。送料小社負担でお取替致します。

印刷製本・凸版印刷

Printed in Japan
ISBN978-4-16-791985-6

（　）内は解説者。品切の節はご容赦下さい。

福田和代
**バベル**
ある日突然、悠希の恋人が高熱で意識不明となってしまう。感染爆発が始まった原因不明の新型ウイルスに、人間が立ち向かう術はあるのか？　近未来の日本を襲うバイオクライシスノベル。
ふ-45-1

藤崎彩織
**ふたご**
彼はわたしの人生の破壊者であり、創造者だった。異彩の少年に導かれた孤独な少女。その苦悩の先に見つけた確かな光とは。第158回直木賞候補となった、鮮烈なデビュー小説。（宮下奈都）
ふ-46-1

誉田哲也
**武士道セブンティーン**
スポーツと剣道、暴力と剣道の狭間で揺れる17歳、柔の早苗と剛の香織。横浜と福岡に分かれた二人は、別々に武士道とは何かを追い求めてゆく。「武士道」シリーズ第二巻。（藤田香織）
ほ-15-3

誉田哲也
**増山超能力師事務所**
超能力が事業認定された日本で、能力も見た目も凸凹な所員たちが、浮気調査や人探しなど悩み解決に奔走。異端の苦悩や葛藤を時にコミカルに時にビターに描く連作短編集。（城戸朱理）
ほ-15-7

誉田哲也
**増山超能力師大戦争**
超能力関連の先進技術開発者が行方不明となり、妻から調査を依頼された事務所の面々。だが、やがて所員や増山の家族にも危険が及び始めて——。人気シリーズ第二弾。（小橋めぐみ）
ほ-15-9

本城雅人
**崩壊の森**
日本人記者・土井垣侑が降り立ったソ連は「特ダネ禁止」の場所だった。謎の美女、尾行、スパイ。ソ連崩壊を巡る情報戦を圧倒的リアルさで描くインテリジェンス小説の傑作！（佐藤　優）
ほ-18-5

万城目　学
**プリンセス・トヨトミ**
東京から来た会計検査院調査官三人と大阪下町育ちの少年少女が、四百年にわたる歴史の封印を解く時、大阪が全停止する!?　万城目ワールド真骨頂。大阪を巡るエッセイも巻末収録。
ま-24-2

（　）内は解説者。品切の節はご容赦下さい。

## コラプティオ
真山　仁

震災後の日本に現れたカリスマ総理・宮藤は、原発輸出を推し進めるが、徐々に独裁色を強める政権の闇を暴こうとするメディアとの暗闘が始まる。謀略渦巻く超本格政治ドラマ。（永江　朗）

ま-33-1

## 売国
真山　仁

日本が誇る宇宙開発技術をアメリカに売り渡す「売国奴」は誰だ!?　検察官・冨永真一と若き研究者・八反田遙。そして「戦後の闇」が二人に迫る。超弩級エンタメ。（関口苑生）

ま-33-2

## 標的
真山　仁

東京地検特捜部・冨永真一検事は、初の女性総理候補・越村みやび厚労相の、サービス付き高齢者向け住宅をめぐる疑獄を追う。「権力と正義」シリーズ第3弾！（鎌田　靖）

ま-33-3

## 火花
又吉直樹

売れない芸人の徳永は、先輩芸人の神谷を師として仰ぐようになる。二人の出会いの果てに、見える景色は。第一五三回芥川賞受賞作。受賞記念エッセイ「芥川龍之介への手紙」を併録。

ま-38-1

## キングレオの冒険
円居　挽

京都の街で相次ぐ殺人事件。なぜか全てホームズ譚を模していた。「日本探偵公社」の若きスター・天親獅子丸が解明に乗り出すと、謎の天才犯罪者の存在が浮かび……。（円堂都司昭）

ま-41-1

## キングレオの回想
円居　挽

獅子丸は、天才的頭脳の少年・論語から、ある女性の正体を知りたいと依頼を受ける。一方、助手の大河には、さる高貴な男性の醜聞が持ち込まれ……。巻末に描き下ろし漫画を収録。

ま-41-2

## キングレオの帰還
円居　挽

行方不明だった獅子丸が京都に帰ってきた！　しかし、大河の私生活に起きた大きな変化に激しく動揺する。さらに、久しぶりに入った自身のオフィスには、驚愕の事態が待っていた。

ま-41-3

（　）内は解説者。品切の節はご容赦下さい。



宮尾登美子
**鬼龍院花子の生涯**
大正四年、鬼龍院政五郎は故郷・土佐に男稼業の看板を掲げる。〝男〟を売る社会のしがらみと、彼を取巻く女たちの愛憎入り乱れる人生模様を独自の艶冶の筆にのせた長篇。（青山光二）
み-2-13

水野敬也
**雨の日も、晴れ男**
二人の幼い神のいたずらで不幸な出来事が次々起こるアレックスだが、どんな不幸に見舞われても前向きに生きていく……人生で一番大切な事は何かを教えてくれる感動の自己啓発小説。
み-35-1

三浦しをん
**まほろ駅前多田便利軒**
東京郊外〝まほろ市〟で便利屋を営む多田のもとに、高校時代の同級生・行天が転がりこんだ。通常の依頼のはずが彼らにかかると、ややこしい事態が出来《しゅったい》して。直木賞受賞作。（鴻巣友季子）
み-36-1

三浦しをん
**まほろ駅前番外地**
東京郊外のまほろ市で便利屋を営む多田と行天。汚部屋清掃、遺品整理に子守も多田便利軒が承ります。まほろの愉快な奴らが帰ってきた！　七編のスピンアウトストーリー。（池田真紀子）
み-36-2

三浦しをん
**まほろ駅前狂騒曲**
多田と行天に新たな依頼が。それは夏の間、四歳の女児「はる」を預かること。男手二つで悪戦苦闘していると、まほろ駅前では前代未聞の大騒動が。感動の大団円！（岸本佐知子）
み-36-4

道尾秀介
**月と蟹**
二人の少年と母のない少女、寄る辺ない大人達。誰もが秘密を抱えるなか、子供達の始めた願い事遊びはやがて切実な儀式に変わり——哀しい祈りが胸に迫る直木賞受賞作。（伊集院　静）
み-38-2

道尾秀介
**スタフ　staph**
ワゴンの移動デリを経営するアラサーでバツイチの夏都。あることをきっかけに、中学生アイドル・カグヤとその親衛隊に出会い、芸能界の闇を巡る事件に巻き込まれていく。（間室道子）
み-38-4

（　）内は解説者。品切の節はご容赦下さい。

宮下奈都
**田舎の紳士服店のモデルの妻**
ゆるやかに変わってゆく。私も家族も——田舎行きに戸惑い、夫とすれ違い、子育てに迷い、恋に胸を騒がせる。じんわりと胸にしみてゆく、愛おしい「普通の私」の物語。（辻村深月）
み-43-1

宮下奈都
**羊と鋼の森**
ピアノの調律に魅せられた一人の青年が、調律師として、人として成長する姿を温かく静謐な筆致で綴った長編小説。伝説の三冠を達成した本屋大賞受賞作、待望の文庫化。（佐藤多佳子）
み-43-2

宮下奈都
**静かな雨**
行助はたいやき屋を営むこよみと出会い、親しくなる。こよみは事故に巻き込まれ、新しい記憶を留めておけなくなり——。文學界新人賞佳作のデビュー作に「日をつなぐ」併録。（辻原　登）
み-43-3

湊　かなえ
**望郷**
島に生まれ育った私たちが抱える故郷への愛、憎しみ、そして憧憬……屈折した心が生む六つの事件。日本推理作家協会賞・短編部門を受賞した「海の星」ほか全六編を収める短編集。（光原百合）
み-44-2

水生《みずき》大海《ひろみ》
**ひよっこ社労士のヒナコ**
ひよっこ社労士の雛子（26歳、恋人なし）が、クライアントの会社で起きる六つの事件に挑む。労務問題とミステリを融合させた新感覚お仕事小説、人気シリーズ第一弾。（吉田伸子）
み-51-2

新井素子・宮内悠介　ほか・人工知能学会　編
**人工知能の見る夢は**
AIショートショート集
日本を代表するSF作家たちのショートショートをテーマ別に編集し、各テーマについて第一線の研究者たちがわかりやすい解説を執筆。人工知能の現在と未来がわかる一冊。
み-55-51

村山由佳
**星々の舟**
禁断の恋に悩む兄妹、他人の恋人ばかり好きになる末っ子、居場所を探す団塊世代の長兄、そして父は戦争の傷痕を抱えて——愛とは、家族とはなにか。心震える感動の直木賞受賞作。
む-13-1

（　）内は解説者。品切の節はご容赦下さい。

村山由佳・坂井希久子・千早　茜・大崎　梢
額賀　澪・阿川佐和子・嶋津　輝・森　絵都

## 女ともだち

人気女性作家8人が「女ともだち」をテーマに豪華競作！「彼女」は敵か味方か？　微妙であやうい女性同士の関係を小説の名手たちが描き出す、コワくて切なくて愛しい短編小説集。

む-13-51

村田沙耶香

## コンビニ人間

コンビニバイト歴十八年の古倉恵子。夢の中でもレジを打ち、誰よりも大きくお客様に声をかける。ある日、婚活目的の男性がやってきて――話題沸騰の芥川賞受賞作。（中村文則）

む-16-1

森　絵都

## カラフル

生前の罪により僕の魂は輪廻サイクルから外されたが、天使業界の抽選に当たり再挑戦のチャンスを得る。それは自殺を図った少年の体へのホームステイから始まって……。（阿川佐和子）

も-20-1

森　絵都

## 風に舞いあがるビニールシート

自分だけの価値観を守り、お金よりも大切な何かのために懸命に生きる人々を描いた、著者ならではの短編小説集。あたたかくて力強い6篇を収める。第一三五回直木賞受賞作。（藤田香織）

も-20-3

望月麻衣　画・桜田千尋

## 満月珈琲店の星詠み

満月の夜にだけ開店する不思議な珈琲店。そこでは猫のマスターと店員たちが、極上のスイーツと香り高い珈琲、そして運命を占う「星詠み」で、日常に疲れた人たちを優しくもてなす。

も-29-21

望月麻衣　画・桜田千尋

## 満月珈琲店の星詠み～本当の願いごと～

家族、結婚、仕事…悩める人々の前に現れる満月珈琲店。三毛猫のマスターと星遣いの店員は極上のメニューと占星術で迷える人を導く。美しいイラストに着想を得た書き下ろし第2弾。

も-29-22

森見登美彦

## 熱帯

どうしても「読み終えられない本」がある。結末を求めて悶えるメンバーは東奔西走。世紀の謎はついに……。全国の10代が熱狂、第6回高校生直木賞を射止めた冠絶孤高の傑作。

も-33-1

（　）内は解説者。品切の節はご容赦下さい。

山崎豊子
**大地の子**
（全四冊）
日本人戦争孤児で、中国人の教師に養育された陸一心。肉親の情と中国への思いの間で揺れる青年の苦難の旅路を、戦争や文化大革命などの歴史を背景に壮大に描く大河小説。（清原康正）
や-22-1

山崎豊子
**運命の人**
（全四冊）
沖縄返還の裏に日米の密約が！　戦後政治の闇に挑んだ新聞記者の愛と挫折、権力との闘いから沖縄で再生するまでのドラマを徹底取材で描き出す感動巨篇。毎日出版文化賞特別賞受賞。
や-22-6

山本文緒
**プラナリア**
乳がんの手術以来、何もかも面倒くさい二十五歳の春香。矛盾する自分に疲れ果てるが出口は見えない――。現代の〝無職〟をめぐる心模様を描いたベストセラー短篇集。直木賞受賞作。
や-35-1

山口恵以子
**トコとミコ**
伯爵令嬢の燈子と使用人の娘・美桜子。戦後、ふたりの立場は逆転するが……。時に慈しみ、時に憎み、裏切ったことさえも。九十年の月日をともに生きたふたりのヒロインの大河ロマン！
や-53-4

山口恵以子
**ゆうれい居酒屋**
新小岩駅近くの商店街の路地裏にある居酒屋・米屋。定番のお酒と女将の手料理で、悩み事を抱えたお客さんの心もいつしか軽くなって……。でも、この店には大きな秘密があったのです！
や-53-5

柳　広司
**ロマンス**
退廃と享楽に彩られた昭和の華族社会で、秘かに葬られた恋と事件――。ロシア人の血を引く白皙の子爵・麻倉清彬の悲恋譚と、極上の謎解きゲームを融合させた傑作。（宇田川拓也）
や-54-1

柳　広司
**象は忘れない**
原発事故で失われた命。電力会社と政府の欺瞞。福島から避難した母子が受けた差別……。あの震災、そして福島第一原発を題材に紡がれた傑作連作短編集。（千街晶之）
や-54-5

（　）内は解説者。品切の節はご容赦下さい。

山内マリコ
**メガネと放蕩娘**
舞台は寂れた商店街。老舗書店のしっかり者長女のもとに十年ぶりに破天荒な妹が突然現れて!? アラサー姉妹の奮闘と成長を描く〝まちづくり〟エンタメ。「文庫版のためのあとがき」付き。
や-62-2

山本周五郎・沢木耕太郎　編
山本周五郎名品館Ⅰ
**おたふく**
生涯膨大な数の短編を遺した山本周五郎。時代を越え読み継がれる作品群から選ばれた名品——「あだこ」「晩秋」「菊千代抄」「ちゃん」「松の花」「おさん」等全九編。（沢木耕太郎）
や-69-1

山田宗樹
**ミレニアム・レター**
男に届いたのは、10年前に自分へ宛てた手紙だった（「ミレニアム・レター」）。ミステリーからホラー作品まで、幻の短編集が遂に文庫化。話題作『代体』のパイロット版短編も収録。
や-71-1

唯川　恵
**テティスの逆鱗**
女優、主婦、キャバクラ嬢、資産家令嬢。美容整形に通う四人の終わりなき欲望はついに、禁断の領域にまで——女たちが行き着く極限の世界を描いて戦慄させる、異色の傑作長編。（齋藤　薫）
ゆ-8-4

柚木麻子
**あまからカルテット**
女子校時代からの仲良し四人組。迫り来る恋や仕事の荒波を、稲荷寿司やおせちなど料理をヒントに解決できるのか——彼女たちの勇気と友情があなたに元気を贈ります！（酒井順子）
ゆ-9-2

柚木麻子
**ナイルパーチの女子会**
商社で働く栄利子は、人気主婦ブロガーの翔子と出会い意気投合。だが同僚や両親との間に問題を抱える二人の関係は徐々に変化して——。山本周五郎賞受賞作。（重松　清）
ゆ-9-3

柚木麻子・伊吹有喜・井上荒野・坂井希久子
中村　航・深緑野分・柴田よしき
**注文の多い料理小説集**
うまいものは、本気で作ってあるものだよ——物語の扉をそっと開ければ、味わった事のない世界が広がります。小説の名手たちが「料理」をテーマに紡いだとびきり美味しいアンソロジー。
ゆ-9-51

（　）内は解説者。品切の節はご容赦下さい。

柚月裕子
**あしたの君へ**
家裁調査官補として九州に配属された望月大地。彼は、罪を犯した少年少女、親権争い等の事案に懊悩しながら成長していく。一人前になろうと葛藤する青年を描く感動作。（益田浄子）
ゆ-13-1

行成　薫
**立ち上がれ、何度でも**
小学校でのいじめを経て成長した二人はプロレスのリングに上がる。天性のスターと不遇のヒーロー。想いを乗せたゴングが鳴る。困難に立ち向かう全ての人に贈る青春小説。（大矢博子）
ゆ-14-1

吉村　昭
**闇を裂く道**
大正七年に着工、予想外の障害に阻まれて完成まで十六年を要し、世紀の難工事といわれた丹那トンネル。人間と土・水との熱く長い闘いをみごとに描いた力作長篇。（髙山文彦）
よ-1-53

吉田篤弘
**空ばかり見ていた**
小さな町で床屋を営むホクトは、ある日、鋏ひとつを鞄におさめ、好きな場所で好きな人の髪を切るために、自由気ままなあてのない旅に出た……。流浪の床屋をめぐる十二のものがたり。
よ-28-1

渡辺一史　原案
**こんな夜更けにバナナかよ 愛しき実話**
筋ジストロフィーで寝返りも打てない、だけど、自由に暮らしたい！　わがまま患者とボランティアの壮絶ながら命の輝きに満ちた日々。実話から生まれた映画のノベライズ。
わ-18-2

ジョン・ヴァードン（浜野アキオ　訳）
**数字を一つ思い浮かべろ**
頭に思い浮かべた数字を当ててしまう手紙。一面の雪景色の中で消える殺人者の足跡……まるで奇術のような謎また謎に挑む退職刑事ガーニー。謎解きと警察小説を融合させた野心作。
ウ-23-1

陳　浩基（玉田　誠　訳）
**世界を売った男**
目が覚めると六年後！　殺人事件を追っていた刑事の体にいったい何が？　香港の雑踏を疾走する男が辿り着く驚愕の真相。アジアの本格推理の鬼才、衝撃の長編デビュー作。（恩田　陸）
チ-12-1